我的护身符

普希金经典诗选

[俄] 普希金 著

谷 羽 译

Aleksandr
Sergeyevich
Pushkin

中国文史出版社

图书在版编目（CIP）数据

我的护身符：普希金经典诗选 /（俄罗斯）普希金

著；谷羽译 . -- 北京：中国文史出版社，2020.12

（经典重现）

ISBN 978-7-5205-2611-1

Ⅰ.①我… Ⅱ.①普… ②谷… Ⅲ.①诗集－俄罗斯

－近代 Ⅳ.① I512.24

中国版本图书馆 CIP 数据核字 (2020) 第 234252 号

责任编辑：金　硕

出版发行	中国文史出版社	
社　　址	北京市海淀区西八里庄路 69 号院　邮编：100142	
电　　话	010-81136606 81136602　81136603 81136605（发行部）	
传　　真	010-81136655	
印　　装	北京新华印刷有限公司	
经　　销	全国新华书店	
开　　本	880×1230　1/32	
印　　张	8.25	
字　　数	188 千字	
版　　次	2021 年 1 月北京第 1 版	
印　　次	2022 年 3 月第 2 次印刷	
定　　价	58.00 元	

序言：常说常新普希金

普希金和他的诗歌，是个常说常新的话题。

翻开俄罗斯文学史，你会看到普希金拥有许多辉煌的头衔，比如像"俄罗斯诗坛的太阳""现代俄罗斯文学之父""俄罗斯现实主义文学的奠基人"等等，这些都是后世的评论家、学者、教授们的说法。他们推崇诗人普希金的才华，充分肯定普希金在文学史上的地位，他们这样说自然有他们的道理。不过，这些赞美之词，都是诗人身后迟到的荣誉。

普希金的一生其实并不顺利，反倒是历经坎坷，屡遭苦难。他十一岁离开父母，在皇村中学上学，其间有欢乐也有烦恼；中学毕业后，诗人进入外交部担任译员，不久就因为创作《自由颂》引起沙皇震怒，因而遭受迫害，刚刚二十岁就被流放到俄国南方受上司监管，不得自由行动；二十四岁时，又因得罪南方总督，被解除公职再次流放，囚禁在北方普斯科夫州偏远的庄园米哈伊洛夫斯克，受当地官员和教会的双重监视。

看看普希金怎么样进行自我评价，对我们理解诗人的个性或许会有启发。1814年，十五岁的少年诗人用法语写了一首诗，题为《我的肖像》，其中有这样的诗行：

打从在课堂里面上课，
小小年纪我就很顽皮；
人不笨，说话不胆怯，
从不扭捏也不懂谦虚。

我爱看芭蕾也爱看戏，
假如能更加坦率地说，
倘若我不在皇村学习，
我的爱好肯定会更多……

向来淘气的一个顽童，
相貌与猴子有些相像，
过于轻浮，不知稳重，
普希金就是这般模样。

1815 年，普希金用调侃的文字写下了《我的墓志铭》：

这里埋葬着普希金，他一生快乐，
陪伴着年轻的缪斯，慵懒和爱神；
没做过什么好事，不过老实说，
他从心眼里倒是个好人。

显然，追求快乐，钟情于诗歌创作，喜欢谈情说爱是普希金与生俱来的天性。然而，他的秉性跟他所处的社会环境产生了矛盾，沙皇统治下的专制农奴制社会，只有沙皇和贵族享有自由，诗人追求个性自由，同情受奴役的人民，抨击"王位上的罪恶"，自然会引起当权者的愤恨与报复，从而接连遭受迫害，颠沛流离也就在所难免。然而，诗人不改初衷，毕生坚持自己的理想和信念，写于 1836 年的《纪念碑》仿佛是对平生的最后总结：

> 我将受到人民的爱戴并且爱得长久，
> 因为是我的竖琴激发出美好的感情，
> 因为是我在严酷的时代歌颂自由，
> 呼吁对受难者予以宽容。

　　毕生保持善良情感，在严酷的时代歌颂自由，为惨遭镇压的十二月党人呼吁宽容，这的确是普希金的历史功勋。十二月党人是以他们的行动向专制政体宣战，普希金则以自己的诗歌为朋友呐喊助威：

> 朋友，让我们为了祖国，
> 奉献出满腔美丽的激情！
> 同志，请相信一颗福星——
> 迷人的星将在天边升起，

俄罗斯将从睡梦中苏醒……

十二月党人起义惨遭镇压以后，五名领袖被处以绞刑，一百多人被流放西伯利亚服苦役，普希金依然冒着危险写了《寄西伯利亚》《阿里昂》，坚信他的歌声能穿越幽暗的铁门，给朋友们以鼓舞，带给他们勇气，希望他们坚持"高傲的忍耐"，坚信"牢狱会崩塌"，"枷锁将被打掉"，往日的战士，将会受到"自由的拥抱"。在争取民族解放和自由权利的斗争中，普希金的政治抒情诗成了俄罗斯人民宝贵的精神财富，被俄罗斯人视为历久不衰的战斗进行曲。

诚然，歌颂自由，只是普希金诗歌的一个组成部分，而不是全部内容。普希金以优美动听的语言赞美爱情，像《致凯恩》《酒神之歌》《护身符》《圣母》，都是爱情诗当中的名篇。诗人一生珍惜同学朋友的情谊，《致恰达耶夫》《给普欣》堪称赞美友情的杰作。对农奴出身的保姆罗吉昂诺夫娜，普希金一直怀着感激的深情，《冬天的黄昏》《给奶娘》，是诗人真挚情感的最好见证。此外，《生命的驿车》阐发了人生的哲理，《假如生活欺骗了你》揭示了智慧而豁达的处世态度，《先知》《诗人》和《回声》刻画了诗人肩负的使命及其面临的困境，《我又一次来临》则对于未来"陌生一代"表达了期望。

普希金的抒情诗能够引起世世代代读者的心理共鸣，其奥妙何在？他的诗歌作品究竟有哪些艺术特色呢？概括起来大致有以下几点：1. 诗人关注社会人生，敢于针砭时弊，善于从现实生活汲取素材，作品具有浓郁的生活气息和时代精神；2. 诗人既善于在继承中创新，又善于在借鉴中开拓，从而形成了自己的艺术风格：明朗、坚实、从容，他扩展了诗歌题材的领域，使诗的疆域日益宽广；3. 普希金的诗歌语言简洁、准确、质朴、优美，诗句音韵和谐，朗朗上口，便于诵读，因而也便于流传；4. 诗人高度重视诗歌的音乐性与艺术性，在体裁、格律和音韵方面勇于探索。由于具备了这些特点，普希金才把俄罗斯诗歌创作推进到一个前所未有的高峰。

果戈理在从事文学创作的道路上曾得到普希金无私的指点和帮助，他所写的小说《死魂灵》、剧本《钦差大臣》，题材就是普希金提供的。因此他对普希金怀着终生景仰的心情。他对诗人的评价既崇高又深刻：

"提起普希金，立刻就使人想到他是一位俄罗斯民族诗人。事实上，我们的诗人当中没有人比他高，也不可能比他更有资格被称为民族诗人。这个权利无论如何是属于他的。在他身上，就像在一部辞典里一样，包含着我国语言的一切财富、力量和灵活性。他比任何人都更多更远地扩大了我国语言的疆界，更多地显示了它的全部疆域。普希金是一个特殊现象，也许是俄国精神的唯一现象：他是一个高度发展的俄国人，这样的人说不定二百年以后才能再出现一个。在他身上，俄国大自然、俄国灵魂、俄国语言、俄国性格反映得如此明晰，如此纯美，就像景物反映在凸镜的镜面上一样。"

普希金在世的时候，他的作品尽管受到许多评论家的好评，但绝没有后来那样受到普遍的推崇与重视，真正认识普希金诗歌的文学价值，应当归功于杰出的批评家别林斯基，正是凭借他精辟独到、极有说服力的分析，广大读者才认识到普希金及其诗歌是俄罗斯文学中的无价瑰宝。这里不妨引用这位评论家的一段文字，看他如何评析诗人的情感及其作用：

"普希金每首诗的基本情感，就其自身说，都是优美的、雅致的、娴熟的；它不仅是人的情感，而且是作为艺术家的情感。在普希金的任何情感中永远有一些特别高贵的、温和的、柔情的、馥郁的、优雅的因素。由此看来，阅读普希金的作品是培育人的最好的方法，对于青年男女有特别的益处。在教育青年人的感情方面，没有一个俄国诗人能比得上普希金。"

果戈理和别林斯基——都不愧是诗人普希金的艺术知音！

普希金不仅在俄罗斯拥有数不胜数的读者，他的作品还被翻译成一百多种外语版本，拥有众多的国外读者。显然，普希金是享有国际声誉的世界性大诗人。普希金在中国同样是最受欢迎的外国诗人之一。我国一位学者，号称"天府藏书家"的戴天恩先生，2005年自费出版了《百年书影》（四川天地出版社），其中收集了自1903年到2000年我国出版的普希金译作封面图片及内容简介，译作竟多达130种180册，光《叶甫盖尼·奥涅金》就有十种译本。翻译普希金诗歌、小说、剧本、童话的中国翻译家多达上百人，这是任何一个外国诗人都难以企及的文学现象，堪称中外文化交流的奇观！

普希金从上中学时期，就开始写诗。他的诗充满了青春气息。但愿有更多的中学生和年轻读者，走近普希金，阅读普希金，欣赏普希金，喜爱普希金。

1999 年是普希金 200 周年诞辰，10 月 27 日晚，俄罗斯文化部长叶戈罗夫在俄罗斯驻中国大使馆为中国艺术家、学者、教授、翻译家颁发荣誉证书和普希金纪念奖章，以表彰他们为中俄文化交流，特别是翻译、研究和介绍普希金所做出的贡献。我也有幸成为获奖者之一。回想 1988 年至 1989 年，我赴苏进修，亲身体验了俄罗斯人对普希金的尊崇与挚爱，因而对诗人愈加景仰。回国二十多年来我翻译了普希金的抒情诗、叙事诗、童话诗，先后被收入《普希金七卷集》（人民文学出版社）、《普希金抒情诗全集》《普希金全集》（浙江文艺出版社），陆续出版了《普希金童话诗》（浙江文艺出版社）、《普希金爱情诗全编》（中国青年出版社）和《俄罗斯名诗 300 首》（漓江出版社）。我觉得是普希金的作品给了我巨大的精神力量。在获奖的日子里，我由衷感谢各位老师，他们过去培养我、教育我，至今仍然关心我、鼓励我；由衷感谢高莽先生、臧传真先生、曹中德老师，是他们引导我走上翻译普希金诗歌的道路；由衷感谢我的俄罗斯导师菲里波夫先生，是他帮助我加深了对普希金诗歌的理解并赠送给我珍贵的图书资料。经过多年的辛勤劳动，在获得承认的日子，愿借助自己写的一首诗《金色的秋天》，表达个人的情感。

亚历山大·普希金是太阳——
是俄罗斯诗坛灿烂的太阳，
他永远照耀俄罗斯旷原，
也使整个大地变得明亮。

中国北方平原有棵大树，
无数的叶子长在树上。
有一片小小树叶觉得幸福，
因为它听见了美妙的歌声，
因为它看见了北方的太阳。

秋天，万千树叶渐渐枯黄，
但小小的叶子并不忧伤，
它在心里说道：黄颜色
使人联想起金灿灿的阳光。

小小的叶子知道：普希金
最喜爱十月秋高气爽，
正是金秋在波尔金诺，

诗人谱写了最华美的诗章。

1999 年 10 月 27 日

在《普希金经典诗选》再次出版的时刻，写出个人的感受作为序言。这次再版，重新校阅了书稿，纠正了几处疏忽与笔误，采用了我的俄罗斯朋友、画家恩格里·纳西布林专为普希金著作画的插图，使得图文并茂，相信会引起读者的阅读兴趣。

感谢周清老师、秦国娟女士和中国文史出版社编辑为这本诗选的问世所给予的帮助。

谷　羽

2016 年 9 月 21 日

于南开大学龙兴里

一、皇村中学时期（1811—1817）

二、初到彼得堡时期（1817—1820）

四、北方流放时期（1824.8—1826.9）

五、莫斯科时期（1826.9—1831.5）

六、回到彼得堡（1831.5—1837.2）

附　录

一、皇村中学时期
（1811—1817）

我的肖像

你想要得到我的肖像，
那就先来画一幅素描，
好朋友，像已经画好，
虽然这画像有点小巧。

打从在课堂里面上课，
小小年纪我就很顽皮；
人不笨，说话不胆怯，
从不扭捏也不懂谦虚。

从来不善于言辞滔滔，
并非巴黎大学的博士，
越是厌烦越高声吼叫，
本真的天性已经失迷。

我的身材算不上高大，
与魁梧的人不能相比；

褐色头发卷曲如浪花，
我的脸总是光彩奕奕。

我喜欢人生笑语喧腾，
我痛恨寂寞还有孤独，
厌烦争吵的气势汹汹，
对于说教也有些厌恶。

我爱看芭蕾也爱看戏，
假如能更加坦率地说，
倘若我不在皇村学习，
我的爱好肯定会更多……

我的好友，有此凭据，
你对我总该有所了解，
我一向就是这种样子，
上帝就如此塑造了我。

向来淘气的一个顽童，
相貌与猴子有些相像，
过于轻浮，不知稳重，
普希金就是这般模样。

（1814）

给娜达莎

美妙的夏天渐趋凋零，
明朗的日子越飞越远，
夜晚浓重的雾气迷蒙，
昏沉沉在幽暗中弥漫。
肥沃的田垄变得空旷，
顽皮的小溪流水冰凉，
森林树梢如经过霜染，
寥廓的天空凄清暗淡。

好娜达莎，你在哪里？
你为什么总不肯露面？
莫非不愿陪伴心上人，
共同分享片刻的悠闲？
无论芳香的菩提树荫，
还是波光粼粼的湖滨，
无论清晨，还是傍晚，
我都不能够和你相见。

转眼之间冬天的寒流
将扫过丛林掠过旷野，
冒烟的农舍不用多久
将有明亮的灯光闪烁；
无缘与我的美人相逢，
我像金翅雀关进鸟笼，
独自在房间心乱如麻，
反复思念我的娜达莎。

（1815）

我的墓志铭

这里埋葬着普希金，他一生快乐，
陪伴着年轻的缪斯，懒散和爱神；
没做过什么好事，不过老实说，
他从心眼里倒是个好人。

（1815）

水和酒

我爱在炎热蒸腾的中午，
从小河中掬一捧清水，
又爱在僻静的小树林，
观赏溪流在岸边萦回，
当葡萄美酒渐渐斟满，
泛起泡沫溢出了酒杯，
你说，朋友，谁不落泪，
任喜悦先来叩击心扉？

啊，可怕！若某个莽汉……
头一个伸出作孽的手，
令人震惊地执意蛮干，
把清水兑入葡萄美酒！
这可恶行径该受诅咒！
让他再斟酒时心跳手颤，
或者，当他执杯把盏，
葡萄酒和香槟不会分辨！

（1815）

回 忆

（给普欣①）

记得吗，我贪杯的朋友？
在那欢快的宁静时刻，
我们用冒泡的葡萄美酒，
来把胸中的郁闷浇灭。

记得吗？远远避开学监，
躲进我们的隐蔽角落，
我们几个人都默默无言，
与酒神一道逍遥享乐。

记得吗？那一杯杯甘醇，

---

① 伊万·伊万诺维奇·普欣（1798—1859），普希金在皇村中学最要好的同学和朋友，后来成为十二月党人。他写的《普希金札记》一书记载：1814 年 9 月 5 日，普希金、普欣、杰里维格和马利诺夫斯基四个人在宿舍偷偷喝酒，违反了校规，被学监发现，报告了校长。普希金和普欣承认了错误，受到校方惩罚：两周晚祷时罚跪，在教室上课时，他们的座位被调到最后一排。普希金的这首诗回忆了当年趣事以及他和普欣的友情。

一圈儿朋友团团围坐，
哑默的酒杯是何等严峻，
廉价烟末儿火星闪烁。

美啊！酒杯中泛起波澜，
琼浆流泻，酒雾纷纭……
突然，我们惊恐地听见——
远处传来学究的声音……

一瞬间砸碎了个个酒瓶，
高脚杯全都飞出小窗——
地板上立刻如潮水汹涌，
葡萄酒、甜酒四处闪亮。

一哄而散，脚步匆匆，
短暂的惊慌转眼间消失！
扬扬得意，面颊绯红，
双唇炫耀着心机与才智。

哈哈大笑，真正开心，
呆滞不动、暗淡的眼色，
泄露了偷偷醉饮时辰，

以及我们与酒神的密约。

啊，我的知心的朋友！
我愿意对你们把酒起誓：
每当无忧无虑的时候，
我都会把这件趣事回忆。

（1815）

致加里奇 ①

让愁眉苦脸的凑韵专家，
佩戴着罂粟花还有荨麻，
热衷涂抹冷冰冰的颂诗，
无聊地编造荒唐的昏话，
就让他请将军赴宴去吧。
加里奇啊，你好酒贪杯，
喜欢午夜后的丰盛美味，
我呼唤你，懒散的哲人，
请快来欢畅的词苑诗林，
来这偏僻舒适之所聚会。
长久以来，我独处斗室，
当酒瓶罗列，朋友聚集，
独不见你那茶杯的踪影，
它曾是机智俏皮的见证，

---

① 阿·伊·加里奇（1783—1848），皇村中学教师，讲授拉丁文和俄国文学，为
人随和，颇受学生爱戴。

长久饮宴引发欢声笑语！
你一向对创作缺乏热情，
请驾三套车把骏马策动，
飞快地驶向欢乐的小城；
撇开彼得堡和诸多公务，
来看犹太佬扎拉陀列夫，
看他跟我们共有的小屋；
让我们在那里团团坐就，
一杯一杯斟满红葡萄酒，
砰的一声紧紧锁上房门，
屋里只留下快乐的青春。
金黄色的啤酒泡沫喷涌，
桌子上还有神气的馅饼，
里外三层，朋友们拥挤，
亮晶晶的刀叉齐挥并举，
你陪同我们发起了猛攻，
顷刻之间城围便被夷平；
到后来你喝得晕晕沉沉，
头颅低垂几乎贴近双膝，
你想找一个安静的地方，
倒在枕头上能呼呼睡去，
不料满一杯酒被你碰洒，

洇湿了那天鹅绒旧沙发——
那时节什么赠诗与歌词，
什么歌谣、寓言和商籁，
统统从口袋里洒落在地，
懒人酣睡谁也叫不起来！……
但碰杯的响声惊醒了你，
精神焕发你又一跃而起，
揉皱了的枕头扔到一旁，
迷人的酒杯再一次高举，
屋里的盛宴又热闹非常。

加里奇，光阴去而不返，
当日益临近危急的时刻，
我倾听战斗荣誉的召唤，
将和这愉快的斗室告别，
并把鞑靼长袍一举抛却。
再见，纯洁的诗神缪斯！
再见，欢快的青春处所！
我将要穿上瘦腿的马裤，
让高傲的髭须弯弯翘起，
成对的肩章在闪闪发光，
我站在骑兵少尉的行列，

我——就是缪斯的骄子！
快来吧，快来！加里奇！
慵倦的沉睡正把你呼唤，
你的知心朋友不卑不亢，
高脚酒杯已经泡沫淋漓！

（1815）

玫 瑰

我的朋友啊，
怎不见玫瑰？
红润如朝霞，
转眼已枯萎。
请你且莫说：
青春易凋零！
请你且莫说：
欢乐逝无踪！
要在心里讲：
诀别我遗憾……
随后再指点，
百合正开放。

（1815）

的确，我幸福过……

的确，我幸福过，的确，我享受过；
曾经陶醉于兴奋激动，平静的喜悦……
　　　　可短暂的欢乐今在何处？
　　　　匆匆飞逝如同一场梦，
　　　　销魂的娇媚已经凋零，
四周又是阴郁的幽暗令人痛苦！

（1815）

一滴泪

昨天陪一位骠骑兵朋友，
　　相对共饮彭士酒，
我默默注视远方的大路，
　　思绪阴沉压心头。

"嗨！为什么总朝大路看？"
　　我的勇士这样问。
"想必你仍然在把她思念，
　　没心思陪伴友人？"

我的头不由得低低垂下：
　　"我已经失去了她！……"
声音沙哑，我轻轻回答，
　　叹口气不再说话。

睫毛上悬着一滴眼泪，
　　忽然间落入酒杯。

"毛孩子！"骠骑兵大叫，
　　"为妞儿哭泣不害臊！"

"我很难受，朋友，别这样。
　　你显然不知忧愁。
哎！仅仅一滴泪水流淌，
　　就使杯中物化为苦酒！……"

（1815）

致画家 ①

哈丽特与灵感宠爱的骄子，
一颗心儿总是热情激荡，
请你用随意与洒脱的画笔，
为我描绘心上人的形象：

请描画她纯真灵秀之美，
画令人痴迷的可爱面庞，
画天庭才有的笑容妩媚，
再画她勾魂摄魄的目光。

---

① 这是普希金十六岁时写的一首爱情诗，委婉地表达了他对少女巴库宁娜的倾
慕。诗中的画家指普希金的同学伊利切夫斯基，此人能诗擅画。哈丽特是希
腊神话中惠美三女神的统称；维纳斯为爱情女神，传说她有一条神奇的腰带，
系上这条腰带，便能获得爱情和幸福；赫柏是青春女神，容颜美丽，腰肢纤
细；阿利班（1578—1660），是意大利著名风景画家。据诗人的同代人回忆，
当年在皇村中学，伊利切夫斯基确实为巴库宁娜画了肖像，有音乐天赋的柯
尔萨科夫为普希金这首诗谱了曲。音调优美和谐，同学们纷纷传唱。人们赞
赏普希金的诗，伊利切夫斯基的画，柯尔萨科夫的曲，更欣赏巴库宁娜的美。
诗、画、曲、美，汇集成一个话题：少年的初恋。这在俄罗斯成了历代传诵
不衰的美谈。

请为她系上维纳斯腰带，
赫柏的身姿苗条端庄，
再以阿利班的风光霞彩，
衬托我所崇拜的女王。

请将她微微起伏的胸脯，
罩上纱巾，薄纱透明如浪，
为的是让她能呼吸自如，
能暗自叹息，并抒发衷肠。

请体察羞怯的倾慕之情，
她是我心魂所系的女郎，
我在画像下面签上姓名，
幸运的手聊寄一瓣心香。

（1815）

给 她

迷人的艾丽温娜，来吧，拉我一把，
我无精打采，请把生活的沉梦打破，
你说……能否相见？定要长久离别？
　　　命运果真要惩罚我？

莫非永远再不能目光交流相互凝视？
莫非无尽的黑暗将要遮蔽我的岁月？
莫非再也无缘共度相亲相爱的良宵——
　　　到凌晨仍难分难舍？

艾丽温娜！为什么在夜阑更深时刻，
我不能够把你拥抱，满怀激情如火？
为什么眼睛里充满情欲引燃的痛苦，
　　　为急于幽会而焦灼？

为什么再不闻甜蜜耳语、轻轻呻吟，
不能重温无言的喜悦、沉醉的欢乐？

为何不能在温存的幽暗中平静入睡，

与心上人耳鬓厮磨？

（1815）

秋天的早晨

秋声萧瑟，野外的牧笛
飞进我孤寂索寞的房间，
最后的梦境已悄然消失，
再不见恋人可爱的容颜。
夜的阴影已在空中隐退。
曙光升起，惨淡的白天——
我的四周是荒凉的旷原……
徘徊湖畔……看不见她！
黄昏时她常在这里流连；
沿岸而行，我在草丛中
寻觅她美丽纤足的印痕，
似有所获，却难以分辨。
我在树林深处沉思漫步，
把无与伦比的芳名呼唤；
我喊她，空荡荡的峡谷
传来回声，悠远而孤单。
受幻想吸引我走近小溪，

只见溪流澄澈水波平缓，
水中再没有倒映的笑脸。
她已消失！我的心上人，
我的欢乐，都离我而去，
我只能等待甜蜜的春天。
秋季伸出寒冷肃杀之手，
扫光了白桦和菩提树冠；
秋在萧瑟的森林中喧响，
枯黄的落叶从早飘到晚，
凛冽的湖水笼罩着雾幔，
听得见秋风短促的呼啸，
熟悉的丘陵树林和旷原！
你们守护着神圣的宁静，
你们足以印证我的悲欢！
请让我把你们暂且忘却……
待新春来临我们再相见！

（1816）

离 别

最后一次，在幽居的树荫，
我们的守护神聆听我的歌，

　　中学生活的好兄弟呀，
让我与你分享这最后时刻。

　　相聚的岁月已经逝去；
我们忠诚的团体行将瓦解。

　　再见吧，我的好朋友，

　　但愿上天永远保佑你，
切勿与自由、与福玻斯告别！
你将体验我所不知道的恋情，
其中交织着希望、亢奋与欢乐：

　　你的日子梦一般飞行，

　　将在幸福安逸中度过！
别了，无论我身在何地，

　　都会忠诚于神圣的友谊，
无论是在家乡的河流堤畔，
还是置身于杀气腾腾的战火。

盼只盼（命运可听得见我在祈祷？）

祈盼你所有的朋友都能幸福快乐！

（1817）

唱歌的人

你可曾听见有人在夜晚歌唱？
在树林里唱他的爱情与忧伤。
当清晨的原野还笼罩着宁静，
忽然响起呜呜咽咽的芦笛声——
　　　你可曾听见？

你可曾看见他？当夜色迷茫，
唱歌的人唱他的爱情与忧伤。
你可曾看见他的泪痕与笑容，
还有那一双隐含幽怨的眼睛？
　　　你可曾看见？

你可曾感叹？当他轻轻歌唱，
你听他唱自己的爱情与忧伤。
你和他在树林深处邂逅相逢，
觉察出他视线低垂流露愁情——
　　　你可曾感叹？

（1816）

恋人的话

听丽拉在钢琴边唱歌，
她的歌声美妙、缠绵，
像夜晚的风一样柔和，
神奇的歌让我们伤感。
情不自禁落下了眼泪，
我对迷人的歌女说道：
"你的歌声委婉神奇，
可我的恋人说的话语，
比丽拉的歌更有魅力。"

（1816）

心　愿

我的日子缓慢地拖延，
失恋，在压抑的心中，
时时刻刻都注入辛酸，
并且引发迷乱的梦幻。
但我沉默，不想抱怨；
流泪，泪水给我安慰，
为忧伤所笼罩的心田，
反复体味苦涩的陶醉。
我不惋惜如飞的时刻，
虚幻倩影快隐入幽暗，
我只珍重爱情的折磨，
纵然一死，死于爱恋！

（1816）

祝酒歌

琥珀酒杯
早已斟满——
酒浆泡沫，
亮光闪闪。
遍观世界，
酒最珍贵；
然而此杯，
该为谁干？

为了荣誉，
让我饮酒？
我们并非
征战之友。
如此欢乐
难称我心，
酩酊大醉，
如何战斗？

菲伯①信徒，

天庭子民！

歌手欢唱，

祝福诗神！

缪斯爱抚，

令人生畏，

灵感流泉，

清淡如水。

歌唱欢乐，

青春爱恋——

韶华易逝，

我的伙伴……

琥珀酒杯

早已斟满——

我赞美酒，

为酒而干！

（1816）

---

① 菲伯，又称福玻斯，希腊神话中的太阳神。

醒

幻想之甘甜，
何处去寻觅？
你在哪里呀，
夜晚之欣喜？
梦中多欢乐，
怅然已消逝，
夜色黑漆漆，
我从梦中醒，
孤独无所依。
卧榻对四壁，
悄然无声息。
恋爱多遐想，
蜂拥又密集，
忽而冷似冰，
忽如鸟飞离。
期望联翩至，
充盈在心底，

灵台欲捕捉

魂魄梦中忆。

爱情啊爱情，

我在祈求你：

遣我再入梦，

陶醉复沉迷，

再踏奇幻境，

直到现晨曦，

长眠永不醒，

虽死不足惜！

（1816）

给杰里维格 ①

　　　　爱情、友谊与懒散，
　　使你避开了操劳和艰辛，
　　　　凭借这可靠的荫庇，
　　你独享清福：你是诗人！
　　受神灵恩宠，不怕狂风暴雨：
　　诗人头顶萦绕着神圣的意念，
　　年轻的嘉米娜给他以爱抚，
　　用手指贴近嘴唇护佑他平安。

　　　　好朋友啊，诗歌女神
　　　　也曾把火花似的灵感
　　　　置入我这少年的心胸，
　　　　为我指出神秘的途径：
　　　　小小年纪我就已擅长
　　　　领悟竖琴的美妙音律，
　　　　由此便与竖琴生死相依。

---

① 杰里维格（1798—1831），普希金在皇村中学最要好的同学和朋友，擅长写诗。

但是你在哪里呀？那瞬间的陶醉，
那内心涌动的激情难以言传，
那亢奋的挥笔疾书，灵感的泪水？
我轻浮的才华已经飘逝如同烟尘。
我早早就招来了嫉妒的白眼，
招来了恶意诽谤的无形利剑！

  不，不，我再不受诱惑，

  无论是幸福，是荣耀，

  还是对褒奖的高傲期盼，

如今我安于恬淡，无所事事，
我将忘却迷人的缪斯挣脱熬煎；

  可一旦听见你的琴弦响起，

我在沉默中会情不自禁地感叹。

（1817）

医院题壁 ①

这里躺着生病的学生，
他的命运不可变更。
请把药品统统拿走：
相思病是不治之症！

（1817）

---

① 皇村中学同学普欣生病住院时，普希金写了这首小诗和他开玩笑。

题普欣① 纪念册

将来有一天，你再次捧读
我这秘而不宣偶然谱写的诗行，
　　强烈而甜蜜的幻想联翩起伏，
蓦然间带着你向皇村中学飞翔。
你必定回忆那飞逝的最初时光，
　　平静的幽居，六年相聚，
　　你心灵的悲欢与遐想，
　　伙伴的争执，和解的甜蜜——
那曾经拥有的全都一去不返……
　　情不自禁，悄悄落泪，
　　你会缅怀自己的初恋。
我的挚友啊，爱情已风流云散……
　　但是最早结交的知己，
　　绝非仅凭一时的冲动；

---

① 普欣（1798—1856），普希金在皇村中学最要好的同学和朋友，十二月党人，后流放西伯利亚。

面对严酷的时代，命运的风雨——

朋友啊，唯独友谊永恒！

（1817）

二、初到彼得堡时期
（1817—1820）

再见吧，忠实的椴树林……①

再见吧，忠实的椴树林……

再见，无忧的平静原野，

再见，飞速流逝的日子，

再见，让人轻松的欢乐！

再见吧，愉快的三山村，

多少次你热情款待了我！

难道我品尝了甘美风味，

反倒是为了把你们忘却？

从这里我将会带走回忆，

留下的是我的心儿一颗！

或许（只是甜蜜的幻想！）

我有幸再一次重返山乡，

在菩提树荫下再次散步，

再次登上三山村的山冈，

---

① 奥西波娃是普斯科夫三山村庄园的女主人，与普希金父母的领地米哈伊洛夫斯克相邻，普希金中学毕业后去乡间消夏，常拜访这位近邻，受到热情款待。这是诗人临别时写在奥西波娃纪念册上的一首题赠诗。

推崇欢乐、优雅与智慧，

我愿再次品尝自由欢畅！

（1817.8.17）

给……

请别问为什么在欢乐时刻，
我常常因忧思而面带愁容，
为什么目光总是那么冷漠，
为什么再不迷恋甜蜜的梦。

请别问为什么我心灰意冷，
对于爱的欢欣已深感失望，
爱过一次爱心就不再萌动，
我不把任何姑娘放在心上。

品尝过幸福无缘再度品尝，
我们的欢乐只有短暂一瞬：
青春、温存和甜美的激情，
唯独把沮丧留给了我们……

（1817）

对异域无知……

对异域无知却怀着崇拜，
常常把自己的祖国责怪，
我曾说过：在我的祖邦，
睿智与天才在什么地方？
何处去寻找高尚的公民？——
胸中有颗酷爱自由的心！
哪里有活泼迷人的女性？——
美丽非凡却不心肠冰冷。
哪个人的谈吐无拘无束？——
欢畅、文明、妙语如珠！
跟谁在一起不觉得冷淡？
我对于祖国几近于厌倦——
昨天我遇见了戈里岑娜[1]，
捐弃前嫌又爱我的国家。

（1817.11.30）

---

[1] 叶·伊·戈里岑娜（1780—1850），贵族夫人，她的沙龙常有进步人士聚会，具有爱国主义和自由主义倾向。

自由颂 ①

你西色拉岛娇弱的王后 ②，
快从我的眼前滚到一边！
你在哪里，自由的歌手？
你像雷霆，让沙皇胆寒！
来吧，快摘掉我的桂冠，
扯断这柔弱无力的琴弦……
我要为天下人歌颂自由，
我要抨击王位上的罪愆。

那一个高卢人 ③ 顶天立地，
请为我指点出他的足迹，
你让他高唱英勇的赞歌，
经历了苦难却无所畏惧。

---

① 普希金效仿俄国作家拉吉舍夫（1749—1802）创作了《自由颂》，以手抄本形
式流传，沙皇政府发现后，以此为主要罪名，将诗人流放到俄国南方。
② 据古希腊神话传说，维纳斯住在西色拉岛，因而被称为西色拉岛王后。
③ 指法国诗人安德烈·谢尼埃（1762—1790），他在大革命中献出了生命。

颤抖吧！人世间的暴君——
变化无常的命运之宠儿！
听着，匍匐在地的奴隶！
你们要起来，奋勇出击！

唉！无论目光投向哪里，
到处是铁的锁链和皮鞭，
法律受到了致命的羞辱，
无助的奴隶们泪水涟涟；
普天下都是不义的权力，
靠偏见的幽暗戴上王冠，
实施奴役是森严的天才，
追逐荣耀有可怕的贪婪。

要想让世代的沙皇低头，
让人民再也不忍受苦难，
只有当无比神圣的自由，
与强大的法律紧密相连；
法理坚强的盾保护民众，
每一个公民都紧握双拳，
法律之剑掠过众人头顶，
违法者当诛，无可幸免。

只有法理之剑自上而下
向窃据高位的罪恶猛击，
贪婪收买不了执剑之手，
恐吓对于它也无能为力。
当权者！是法而不是天
赋予了你们皇位和王冠，
虽然你们置身万民之上，
你们的头顶有法律高悬！

什么地方法律昏昏欲睡，
灾难，那是民族的灾难，
无论是人民，还是帝王，
都不能专断地独享法权！
显赫而有过失的殉难者[1]，
我呼唤你来见证这一点，
不久之前那场暴风骤雨，
你头颅落地起因于祖先。

---

[1] 指法兰西国王路易十六（1754—1793），1792 年 8 月 10 日，被人民起义推翻，
经国民议会审判，1793 年 1 月 21 日被处死。普希金认为，他之所以受刑，
是他的祖先，波旁王朝历代君主的过失导致的结果。

在无言的子孙见证之下，

路易登着台阶走向毁灭，

失去王冠的头垂向刑台，

刑台沾满背信弃义的血；

法理沉默了，人民沉默，

那罪恶的利斧突然降落……

从此，暴虐的紫袍扬威，

高卢人戴上了镣铐枷锁①。

我憎恨你以及你的王座，

你这个飞扬跋扈的恶魔！

目睹你和你的子孙灭亡，

我感到开心，幸灾乐祸。

各个民族给予你的诅咒，

将深深烙印在你的前额，

你是人世间对神的亵渎，

你是恐怖，是一场浩劫！

当阴沉沉的涅瓦河上空，

① 普希金认为，革命者处死被废黜的国王不合法理，因而人民沉默，导致拿破仑上台执政。"暴虐的紫袍"影射拿破仑。

午夜的星斗闪烁着幽光，

当无忧无虑的一颗头颅，

安安静静地进入了梦乡，

雾霭中的诗人陷入沉思，

他正向废弃的宫殿凝望，

一代暴君① 曾在其中居住，

如今庄严沉睡透着悲凉。

听得见阴森的宫墙后面，

克丽奥② 令人心悸的宣判，

卡里古拉③ 那最后的时刻，

清晰地呈现在暴君眼前；

他还发现：那一群杀手④

佩绶带挂勋章相貌凶残，

一个个醉醺醺浑身酒气，

满脸骄横，心却在抖颤。

---

① 此处指俄国沙皇彼得三世（1728—1762），昏庸暴虐，他的王后及其亲信在宫廷政变中杀害了他，王后亲自执政，她就是女皇叶卡捷琳娜二世。

② 克丽奥，希腊神话中司历史和史诗的女神，此处影射叶卡捷琳娜女皇。

③ 卡里古拉，公元一世纪罗马皇帝，以残暴著称，被近臣杀害。

④ 指叶卡捷琳娜的亲信军官，宫廷政变后，他们都受到提拔重用。

高悬的吊桥轻轻地落下，
被收买的卫兵默不作声，
趁夜晚的幽暗打开大门，
叛变的奸细们成了内应……
可耻！我们时代的暴行！
闯进来野蛮的土耳其兵 ① ！……
卑鄙的袭击就这样得手……
戴王冠的暴君终于丧命。

君王们该记住这个教训：
不论是刑罚，或者褒奖，
不论是监牢，或者祭坛，
都并非你们可靠的屏障；
你们首先要向法理低头，
法律是可靠的庇护之网，
只有人民获得自由安宁，
你们的王座才稳固久长。

（1818）

---

① 东方君主常用土耳其军人做近身护卫，这些军人在宫廷政变中往往起着关键
作用。

致茹科夫斯基 ①

每当你崇高的心灵
向梦幻的世界飞翔，
你急切地挥动手指
把膝头的竖琴弹响；
每当眼前浮现幻景，
汇集交替朦朦胧胧，
当灵感的寒流来临，
你前额的发绺飘动——
你只为少数人写作，
不理睬嫉妒的论客，
也不理睬无能之辈——
拾人余唾毫无见解，
写诗赠送天才诤友——
神圣真理的信奉者。

① 茹科夫斯基（1783—1852），俄罗斯浪漫主义诗人，普希金赞赏他的诗歌创作，
把他尊为师长。

并非人人福星高照，
凡俗都与桂冠无缘。
唯幸运者理解才思，
理解诗的崇高内涵！
谁能领悟诗的奇妙，
他就享有奇妙命运，
谁的天性兴奋如火，
他才赏识你的兴奋。

（1818）

题茹科夫斯基肖像

他的诗令人陶醉的魅力
将会世世代代传之久长，
聆听的青春为荣耀叹息，
诗意能抚慰无言的忧伤，
让放纵的欢乐陷入沉郁。

（1818）

致波柳斯科娃 [①]

我这质朴而高雅的竖琴，
无意于颂扬人世间的神，
我不想摇动香炉去奉承，
不愿委屈高傲自由的心。
我只想尝试把自由歌颂，
为自由奉献出我的诗章，
我的缪斯原本性情羞怯，
打从出生无心取悦君王。
但我承认，赫利孔山麓 [②]，
卡斯达里泉水 [③] 淙淙流淌，
我受到了阿波罗的启迪，
悄悄地把伊丽莎白 [④] 歌唱。

---

① 波柳斯科娃（1780—1845），俄罗斯沙皇宫廷女官。
② 赫利孔山，位于希腊中部，传说为诗神缪斯的居所。
③ 卡斯达里泉水，据希腊神话传说，太阳神阿波罗的神马在赫利孔山麓踩出的
　一汪清泉，又称灵感之泉。
④ 伊丽莎白，沙皇亚历山大一世的皇后。

作为目睹过天颜的证人，
心中似点燃了熊熊烈火，
我要歌颂王座上的美德，
赞美她的仪容无比圣洁。
是爱情，是隐秘的自由，
把朴素的颂歌赋予心灵，
我的歌声不容金钱收买，
它是俄罗斯人民的回声！

（1818）

致恰达耶夫 ①

爱情、希望、虚幻的荣誉，

都曾一度把我们愚弄，

青春的欢乐已经消失，

如同朝雾，如同一场梦。

然而身受暴政的压迫，

愿望之火烧灼着心胸，

我们的心情满怀渴望，

正把祖国的召唤倾听。

期盼神圣的自由时刻，

我们忍受煎熬与苦痛，

恰似一个年轻的恋者，

期待与情人准时相逢。

趁胸中燃烧自由之火，

趁心灵为正义而跳动，

---

① 恰达耶夫（1794—1856），骠骑兵禁卫军军官，后成为宗教哲学家，普希金深
　　受他的思想影响，把他视为真正的朋友。

朋友，让我们为了祖国，
奉献出满腔美丽的激情！
同志，请相信一颗福星——
迷人的星将在天边升起，
俄罗斯将从睡梦中苏醒，
专制政体必将成为废墟，
废墟上铭刻我们的姓名！

（1818）

乡　村 ①

我向你问候，荒凉偏僻的角落，
安适、写作和灵感的栖息之所，
　　沉湎于喜悦和忘情的怀抱，
我的日子如无形小溪潺潺流过。
我属于你，我愿抛弃荒唐、谬误、
抛弃豪华的宴席、诱人的声色，
换取这树林的轻响，原野的寂静，
换取这安逸闲暇，可喜的思索。

我属于你，我爱这苍郁的园林，
爱园中的清爽，盛开的花朵，
我爱牧场上草垛散发的清香，
我爱穿过树丛哗哗流淌的小河。
眼前到处是生机勃勃的风景：

---

① 这首诗写于米哈伊洛夫斯克，诗中揭露了农奴制的罪恶，与《自由颂》一样，
　成了流放诗人的"罪证"。

两汪波平如镜、碧蓝的湖泊，
渔船的白帆偶尔在湖面闪现，
湖对岸丘陵起伏，阡陌纵横，
　　远处是疏疏落落的农舍。
湿润的湖边放牧着成群的牛羊，
看得见炊烟，磨坊转动的风车；
　　到处印证着富庶和劳作……

在这里，挣脱了世俗浮华的枷锁，
　　我尝试在真实中寻求快乐，
以自由的心境探询大自然的规律，
对愚昧群氓的牢骚抱怨不予理睬，
　　对怯懦的哀求给予关切，
蔑视飞黄腾达的恶人和愚顽之辈，
　　决不羡慕其幸运与显赫。

历代的先知啊，我在此聆听教诲！
　　在这僻静而庄严的居所，
你们愉快的声音听得更加真切，
　　声音驱走倦怠阴郁的梦，
　　点燃心中的热情渴望创作，
　　你们富有创见的奇思妙想，

在我心底正接近成熟时刻。

然而，可怕的忧虑让心灵变得暗淡：
　　在茂盛的庄稼与山峦之间，
谁关心人类命运就会悲伤地觉察——
　　到处是耻辱，是致命的野蛮！
　　这里，骄横的地主老爷
无视法律，缺乏情感，像命中注定
　　他们是人们躲不开的祸患，
　　对于呻吟和眼泪不闻不问，
他们用强制的手段疯狂地进行掠夺，
　　夺取农民的粮食、财产和时间。
这里瘦弱的农奴伛偻在别人的犁上，
　　驯从于暴虐主人无情的皮鞭，
沿着漫长的垄沟跋涉，苟延残喘。
这里人人背负重轭直到进入坟墓，
　　心里没有任何希望和欲念，
　　这里的妙龄少女如花开放，
　　也只供恶人恣意摧残。
父辈逐年衰老，年轻的子辈来替换，
他们是能干的支柱，劳动的伙伴，
　　成群的家仆，卑贱的奴隶，

从祖传的茅屋里一代接一代地繁衍。

哦，但愿我的歌声能触动人的心弦！

为什么熊熊火焰在我心中白白燃烧？

为何上天不赐予我滔滔雄辩的才干？

朋友啊，我能否看见有一天，

遵沙皇旨意，奴隶成为人，不再受压迫？

我们自由文明的祖国上空，

终于升起朝阳，霞光灿烂！

（1819）

未完成的画

谁的心思兴奋地领悟
并破解了这美的奥秘?
天啊，这非凡的容颜
活灵活现靠谁的画笔?

天才的画家已被击倒!
爱情使得他痛苦欲绝……
默默凝视自己的作品,
心灵的火焰随之熄灭。

（1819）

独　处

远离爱挑剔的粗鲁之辈，
隐居乡间可谓洪福无量，
把时光赋予辛劳与慵倦，
把岁月交给回忆和希望；
命运赐予他知心的朋友，
受造物主恩宠行迹隐藏，
躲避开笨伯的昏昏欲睡，
远离了无耻之徒的喧嚷。

（1819）

欢　宴

我爱夜晚举行的宴会，
宴会的主席是"欢乐"，
我崇拜的神明"自由"，
为宴会规定出守则。
"干杯"声响到天亮，
淹没了歌吟和喊叫，
宾客的圈子逐渐扩大，
酒瓶的地方越来越少。

（1819）

1819 年 5 月 27 日

年轻的朋友，我们记得
我们生活中快乐的夜晚；
玻璃杯中冒泡的香槟酒，
咝咝作响如凛冽的流泉。
我们畅饮，维纳斯陪伴，
她面颊绯红，坐在桌边，
我们四个何时聚首重逢——
同饮美酒，再抽几支烟？……

（1819）

不，不，你们白费唾沫……①

不，不，你们白费唾沫，
我爱你们，我还是那个我。
亲爱的朋友，我们的年华
像早晨的云影一样漂流，
又像是一条湍急的小河。
神秘的命运将人生之杯
赐予我们能有多长时间！
我们的杯中酒暂且尚满，
嘴唇刚触及酒杯的边沿，
我们就畅饮兴奋和爱恋，
这是我们的欢乐和希望，
……
我们觉得荒谬亦属新鲜！
我们精力旺盛尽情享受，
但记忆却力图死而复活，

而心灵……借缥缈梦境，
总爱沉醉于往昔的岁月。

（1819）

全都是幻影、虚荣……

全都是幻影、虚荣
全都是卑鄙、龌龊，
只有酒杯和美色——
才是生活中的欢乐。

我们需要美酒，
同样需要爱情；
缺少这两样东西，
人总是哈欠连声。

此外我要加上懒散，
它与爱情和酒匹配；
我为懒散歌唱爱情，
懒散为我斟满酒杯。

（1819）

我熟悉战斗……

我熟悉战斗，爱击剑的响声，
小小年纪就羡慕沙场的光荣；
我喜欢战争当中流血的嬉戏，
死亡的念头让心灵感到惬意，
忠诚于自由的战士青春年龄，
若不曾亲历厮杀、面对牺牲，
他就不可能体验充分的欢欣，
他也就不配美丽女子的亲吻。

（1820）

三、南方流放时期
（1820.5—1824.7）

我不为自己的青春岁月懊恼……

我不为自己的青春岁月懊恼，
年华在爱情的梦幻中消磨，
我也不惋惜那些隐秘的良宵，
充满情欲的芦笛为之唱歌。

我不惋惜那些不忠诚的朋友、
盛宴的桂冠、传递的酒杯，
负心的少女，我不为你忧愁——
纵情欢娱和沉思的心相违。

但何处去寻觅年轻时的希望？
寻觅心灵平静的迷人时刻？
寻觅往日激情、灵感的泪光？
快回来吧，我的青春岁月！

（1820）

我看见了亚细亚贫瘠的边疆……

我看见了亚细亚贫瘠的边疆，

荒僻的高加索，烤焦的峡谷，

契尔克斯牧马人古怪的茅屋，

炎热的波古莫河岸，山脊荒凉，

环绕着峰巅的白云轻轻飘浮，

看见了库班河外平原空旷！

好一片令人惊异的神奇地方……

滚热的溪水在岩石间沸腾，

那就是造福人类的矿泉！

为憔悴的病患者带来希望。

在这荒蛮的河岸边，我看见

远离宴席的青年未老先衰，

年轻士兵过早地拄着拐杖，

阴郁瘦弱的老年人白发苍苍。

（1820）

黑纱巾

——摩尔达维亚民歌

我呆呆地望着黑纱巾，
悲哀刺痛我冰冷的心。

年轻时候我浮浪轻狂，
爱上了一个希腊姑娘。

美丽的少女待我温柔，
谁知不久我横祸临头。

一天我宴请宾客友人，
有个犹太佬也来敲门。

小声禀告："你陪客欢聚，
希腊姑娘却背叛了你。"

给了他金币轰他出门，

随即叫来忠实的仆人。

出门上马我扬鞭驰骋，
温和的怜悯哑默无声。

奔跑到希腊姑娘门前，
我两眼发黑浑身发软……

独自闯进了深深的闺房……
亚美尼亚人正吻那姑娘。

天昏地暗，我抽出短剑……
恶棍的亲吻即刻被斩断。

久久践踏无头的尸体，
面色惨白我逼视少女。

记得哀求……鲜血飞迸……
杀了希腊姑娘毁了爱情！

从她头上扯下黑纱巾，
默默擦拭滴血的剑刃。

我的奴仆趁着茫茫夜色，
把两具尸体抛进多瑙河。

从此我不吻美丽的眼睛，
从此我不知夜晚的欢情。

我呆呆地望着黑纱巾，
悲哀刺痛我冰冷的心。

（1820）

缪 斯

在孩提时期我就讨得她的欢喜，
她竟然赏赐给我一支七管芦笛；
我吹奏的时候她含着微笑倾听，
我轻按芦管上音韵抑扬的洞孔，
柔软的手指已经练得动作灵活，
受神灵启迪已能吹奏庄严颂歌
以及弗里吉亚牧人的和谐乐曲。
从早晨到黄昏在橡树的阴影里，
我勤勉地聆听神秘少女的教诲，
她的偶尔鼓励会让我欣喜陶醉，
把鬈发从可爱的前额向上一理，
少女从我的手里亲自接过芦笛；
神的呼吸赋予芦笛以奇妙灵性，
我的心立刻充满了圣洁的憧憬。

（1821.2.14）

我耗尽了自己的期望……

我耗尽了自己的期望，
再也不迷恋什么幻想；
唯独忧患还伴随着我，
这是心灵空虚的苦果。

命运坎坷，风雨无情，
绚丽的花冠已经凋零——
我活着，既孤独又伤心，
我等待：末日是否来临？

这恰似枝头一片孤叶，
正值凄凉的暮秋时节，
听到冬天狂风的怒吼，
战战兢兢不停地颤抖。

（1821.2.22）

战　争

　　战争！终于扯起了战旗，
　　光荣的战旗猎猎迎风！
我将目睹鲜血，目睹复仇的节日；
致命的铅弹将在我身旁呼啸飞行。
　　多少强烈的印象，
　　将刻在我期待的心中！
　　义军风起云涌势如破竹，
　　军营报警，刀剑齐鸣，
　　在凶险残酷的战火中，
　　士兵与将领慷慨牺牲！
　　啊！崇高的颂诗题材，
　　将把我沉睡的才华唤醒！——
我觉得一切全都新奇：简陋的篷帐，
敌营的灯火，陌生的敌兵你呼他应，
黄昏擂鼓，炮声如雷鸣，炸弹轰隆，
　　还有死亡临头的惊恐。
你呀，视死如归的渴望，英雄的狂热，

荣耀的盲目欲念，是否已在心中诞生？
双重的桂冠能否有幸归到我的名下？
或是吉凶未卜的厮杀将使我沙场丧命？
心头的神圣激情，崇高追求的神勇，
对弟兄们的回忆，对朋友们的思念，
以及创作构思时那种突然来临的冲动，

  还有你，还有你呀，爱情！……
  莫非战争的喧嚣，军旅的艰辛，
  莫非盛名之下的种种怨尤，
  全不能窒息我惯于思考的心灵？

  我是剧毒的牺牲品，渐趋衰竭，
我难以控制自己，再也不能够平静，
沉甸甸的慵倦之感主宰了我的心胸……
  战斗的恐怖为什么姗姗来迟？
为什么还不见杀气腾腾的初次交锋？

（1821）

短　剑 ①

　　　　林诺斯锻造之神 ② 将你铸就，
　　　　不死的涅墨西斯 ③ 紧握在手，
　　志在惩罚的短剑啊，秘密守护自由，
　　你是最终的裁判，受理屈辱和冤仇。

　　哪里宙斯的雷沉默，法律的剑昏睡，
　　你就化诅咒为行动，变希望为现实，
　　　　你隐伏在王位的阴影下，
　　　　或潜藏在灿烂的礼服里。

　　恰似地狱的寒光，仿佛神灵的闪电，
　　霜刃无声，直逼恶贯满盈者的双眼，
　　　　虽然置身于亲朋的宴会，

---

① 这首诗普希金生前未能发表，仅以手抄本形式流传，十二月党人激进分子尤
　其赞赏这篇作品。
② 林诺斯是希腊的一个岛，在希腊神话中，传说是锻造之神的居所。
③ 涅墨西斯，是希腊神话中的报复女神。

他环顾左右，忐忑不安。

随时随地，你能够找到他猝然出击：
在陆地、在海洋、在殿堂或帐篷里，
　　　　在幽静隐秘的古堡后面，
　　　　在睡榻上，在他的宅邸。

神圣的卢比孔河 ① 在恺撒 ② 的脚下呜咽，
强大的罗马倒下了，法律垂下了头；
　　　　而布鲁图 ③ 奋起，他爱自由，
你刺中了恺撒——临终时他才醒悟，
　　　　庞培 ④ 的大理石像傲然不朽。

暴乱的一群歹徒掀起恶毒的喧嚣声，
　　　　凶手 ⑤ 出现了，浑身血腥，
　　　　卑鄙、阴森、面目狰狞，

---

① 卢比孔河，意大利北部的河流。公元前 49 年，恺撒率军渡过此河，击败共
　 和派执政者庞培，代之以独裁统治。
② 恺撒（公元前 100—前 44），古罗马统帅，政治家。
③ 布鲁图（公元前 85—前 42），古罗马政治家，曾暗藏匕首行刺恺撒。
④ 庞培（公元前 106—前 48），古罗马统帅，共和派政治家。
⑤ 此处指让·保罗·马拉（1743—1793），法国资产阶级革命家，巴黎公社领导
　 人之一，后遇刺身亡。普希金对法国大革命的看法，有他的历史局限性。

自由被杀害，血流尸横。

用手随意指点，他就是催命的差役，

　　他为疲倦的冥王献祭，

　　然而天庭毅然做出裁决，

派遣了复仇少女欧墨尼得斯①还有你！

啊，桑德②，耿直的青年，不幸的使者，

　　你的生命虽熄灭在刑场，

　　但是你惨遭杀戮的尸骸，

　　保留着圣洁美德的遗响。

在你的日耳曼，你成了不朽的英灵，

　　你让罪恶势力畏惧灾祸，

　　在你悲壮威严的墓地上，

　　一柄无名短剑寒光闪烁。

（1821）

---

① 欧墨尼得斯，希腊神话中的复仇女神，此处指法国少女夏洛蒂·考尔黛，是
　她刺杀了马拉。
② 桑德（1795—1820），德国学生，1819年3月23日刺杀德国反动作家科采布。

少　女

我告诉过你：要回避那娇媚的少女！
我知道，人们不由自主会为她着迷。
不检点的朋友，我知道，有她在场，
你无心旁顾，决不会追寻别的目光。
明知没有指望，忘记了甜蜜的负心，
她的周围燃烧着情意缠绵的年轻人。
他们都是幸运的宠儿，天生的骄子，
却甘愿向她恭顺地倾诉爱慕的情思。
然而那骄矜的少女厌恶他们的情感，
垂下明亮的眸子，既不想听也不看。

（1821）

致普欣将军 ①

穿过硝烟、血泊、枪林弹雨，
　　　这就是你的道路；
我们未来的吉罗加②，相信你
　　　能预见自己的归宿！
用不了多久，受奴役的人民
　　　将再也不会诅咒；
你将把铁锤③用手握得紧紧，
　　　振臂高呼：自由！
我赞美你，忠贞不渝的弟兄！
　　　共济会同人，可敬！
欢呼吧，昏暗的基希尼奥夫，
　　　你为之启蒙的城！

---

① 巴维尔·谢尔盖耶维奇·普欣（1785—1865），驻基希尼奥夫军队的旅长，
　 十二月党人幸福同盟会员，秘密组织共济会会员。
② 吉罗加（1781—1841），西班牙将军，1820年参加了卡迪斯的起义。
③ 铁锤是共济会的象征，巴·谢·普欣是基希尼奥夫共济会分会创始人。

少年的灵柩 ①

……他消失了，再无踪影，

爱与欢乐哺育的风流少年，

他的四周是深不可测的梦

以及无风无浪的墓地严寒……

他喜欢陪伴少女们游玩，

春天，在宜人的林荫下，

他们自由自在尽情盘桓；

可如今跳起轻快的环舞，

他的伴唱却已音韵杳然。

曾几何时老人还在欣赏

他的欢乐和他的活泼，

面带微笑又半含忧伤。

长者们交谈曾经这样说：

"环舞，我们当年也爱跳，

---

① 这首诗是普希金为皇村学校同班同学柯尔萨科夫在意大利早逝而写的。当时流行写青年早逝的哀歌。

我们的才智也曾闪光；

等着瞧吧：年岁一到，

你就和我们现在一样；

你这尘世的无忧过客，

人生对你也将变得冷漠；

眼下你尽可开心欢乐……"

说话的老人依然健在，

他风华正茂却猝然凋谢。

失去他，朋友照旧饮宴，

并已结交了新的宾朋，

年轻姑娘们私下交谈，

很少再提起他的姓名。

钟情于他的美女少妇，

或许有一个落泪伤心，

念念不忘逝去的欢情，

以持久的缅怀为他招魂……

然而这些又有什么用？

在清澈透明的溪流之畔，

座座坟冢如和睦的家庭，

——背负倾斜的十字架，

隐藏在古老的树林当中。

那里，在一条大路旁边，

椴树簌簌作响老态龙钟，
那里安息着不幸的少年，
他早已忘却内心的惊恐……
朝霞枉自闪耀着光芒，
月亮徒劳地在夜空徘徊，
麻木无情的坟茔四周，
溪水呜咽，树林悲哀。
拎着提篮儿的美人儿，
小心翼翼，脚步轻轻，
凌晨来溪畔把浆果摘采，
冒着泉水边阵阵寒冷，
在墓地静悄悄的树荫下，
任千呼万唤他不再醒来。

（1821.8）

拿破仑 ①

奇异的命运已告终结，
伟大的人物明星陨灭，
拿破仑的严酷时代，
已经无可奈何地沉落。
逝去了，胜利的骄子，
遭受审判的执政者，
他受到天下人的放逐，
已是后代崛起的时刻。

你用血泊染成的记忆，
将久久地笼罩着世界，
赫赫英名庇护着你，
安息在浩渺的烟波……
这陵墓何等宏伟壮阔！

---

① 这首诗是普希金得知拿破仑于 1821 年 5 月 5 日在圣海伦岛去世的消息后，于
6 月 18 日写成的。

安置你遗骸的灵柩上，
人民的憎恨已经熄灭，
而不朽之光却在闪烁。

在屈辱的土地上空，
你的鹰鹫飞翔了多久？
多少王国相继沦陷，
任霹雳残暴摧枯拉朽！
听凭宿命力量的驱遣，
战旗呼啸，灾祸横流，
你把强权专制的重轭，
压在大地子孙的肩头。

当人民从奴役中觉醒，
世界照耀希望的霞光，
高卢人用愤怒的巨手，
一举推翻腐朽的偶像；
当国王的肮脏尸体^①，
横陈在暴动的广场，
不可避免的伟大节日——

① 指法兰西国王路易十六，1793 年 1 月 21 日，他在巴黎革命广场被送上断头台。

自由的节日大放光芒。

激怒的人民掀起风暴，
你却预见到绝妙机会，
不顾人民的崇高希望，
你竟然蔑视整个人类。
只相信毁灭性的幸福，
你无畏的心如狂如醉，
受了专制制度的诱惑，
你迷恋玄虚幻灭之美。

你安抚变革中的人民，
平息他们幼稚的激狂，
新生的自由变得喑哑，
突然丧失了它的力量；
奴隶簇拥你踌躇满志，
实现了你权力的欲望，
你用桂叶缠绕起锁链，
把民军们驱上了战场。

法兰西虽然获得荣耀，
却忘了她远大的抱负，

只能用不自主的目光，
望着她那辉煌的耻辱。
你把剑带进盛大宴会，
一切都向你拜倒欢呼，
欧罗巴毁了，阴惨的梦
在她的头顶上空飘浮。

巨人扬起可耻的尊容，
踏上了欧罗巴的前胸。
蒂尔西特①！（俄罗斯人
听到它已经不再惊恐。）
蒂尔西特使傲岸英雄
最后一次域外扬名；
和平乏味，安宁冷清，
幸运儿的心又在激动。

是谁蛊惑了你？狂人！
谁竟使奇才目光短浅？
怎不理解罗斯人的心？

---

① 东普鲁士的边境城市，1807年俄罗斯沙皇亚历山大一世联合普鲁士国王反对
拿破仑失败之后，被迫承认了法兰西皇帝拿破仑的权力，在这个城市签订了
使俄罗斯人蒙受耻辱的条约。

你徒有胆略见识高远！
未能预料熊熊的烈焰，
你幻想我们俄罗斯人民
又把天赐的和平企盼；
待猜透我们为时已晚……

俄罗斯啊，惯战的女王，
你把古老的权利记牢！
熄灭，奥斯特利兹太阳[①]！
伟大的莫斯科，燃烧！
另一个时代已经到来，
短暂的耻辱一笔勾销！
决一死战是我们的协定！
俄罗斯，为莫斯科祈祷！

他伸出了冻僵的双手，
抓住自己铁的冠冕，
他完了，他终于完了，
目睹眼前无底的深渊。

[①] 地名，在今捷克境内，1805 年，拿破仑在这一地带取得了决定性的胜利，打
败了俄奥联军。据记载，鲍罗金诺战役打响之前，天空出现了太阳，拿破仑
向他的军队高声叫道："这是奥斯特利兹的太阳！"

雪地上到处都是血迹，
欧洲的民军匆匆逃窜，
融雪宣告他们的覆灭，
敌人的踪迹随即消散。

天下沸腾，狂飙漫卷，
欧罗巴挣脱了锁链，
万民的诅咒飞向暴君，
讨伐的吼声雷鸣一般。
巨人看见了复仇女神，
看见人民在挥舞铁拳：
暴君啊，重重的屈辱，
都要如数地找你清算！

往昔岁月的贪得无厌，
以及出奇制胜的凶残，
换来流放的心情郁闷
和异国天空下的孤单。
寻访囚徒的炎热小岛，
将有来自北方的帆船，
游人会在一处岩壁
镌刻宽容和解的语言。

在这里极目远望海浪，

囚徒曾想起刀剑齐鸣，

想起北国冰冻的恐慌^①，

想起他的法兰西天空：

他在荒岛上有时忘了

王位、后世以及战争，

独自，独自想着爱子，

心里感到凄楚、沉痛。

如今什么人心胸褊狭，

甘愿承受可耻的骂名，

才会发出轻率的谴责，

去惊扰他废黜的亡灵！

啊，他为俄罗斯人民

指出了崇高的使命，

给世界以永恒的自由，

是他放逐生涯的遗赠。

（1821）

---

① 指1812年俄罗斯出奇寒冷的严冬。

致奥维德^①

奥维德，我住在寂静的海岸附近，
想当年，你把祖邦受到驱逐的众神
带到这里，你把骨灰也留在此地，
你凄楚的悲泣为这里赢得了声誉；
你那七弦琴温柔的声音至今不衰；
你的故事家喻户晓流传在这一带。
你生动的文笔铭刻在我的想象，
诗人身遭囚禁，荒野阴沉凄凉，
天空云遮雾罩，经常风雪弥漫，
只有短暂的阳光给草地带来温暖。
琴弦的凄婉旋律使我心驰神迷，
奥维德啊，我的心时时追随着你！
我看见你的船出没于巨浪惊涛，
在荒僻的海岸附近抛下了铁锚，

---

① 奥维德（公元前 43—约公元 18），古罗马诗人，著有《爱的艺术》、神话诗史《变形记》，晚年在流放中写了《哀歌》《黑海零简》，受到普希金的推崇。

等待爱情歌手①的是残酷的惩罚，

丘陵不见葡萄，原野不见庄稼：

斯基福②天气寒冷，男儿生性剽悍，

他们在雪地降生，惯于残酷征战，

他们埋伏在伊斯特河③边劫掠行人，

时时刻刻用袭扰威胁着集镇乡村。

他们难以阻拦：浪里游如履平川，

任脚下的薄冰轧轧作响腿也不软。

叹息吧，奥维德，叹息命运无常！

从少年时就蔑视军旅生涯之动荡，

热衷于为你的头发编织玫瑰花冠，

惯于悠闲，无忧无虑地消磨时间；

而今你不得不依傍柔弱的竖琴，

戴沉重的头盔，执凶残的兵刃。

无论女儿、妻子及成群的朋友，

无论缪斯，这昔日的轻佻女友，

都不能为放逐的歌手分忧解愁。

美女们白为你的诗篇献上花环，

---

① 指奥维德写的爱情诗和《爱的艺术》。

② 斯基福，指濒临黑海北岸的草原，十世纪之前许多民族聚居在这里，他们被
认为是剽悍的希腊人和罗马人的祖先。

③ 伊斯特河是多瑙河的古称。

年轻人把它们倒背如流也枉然，
无论是名望、衰老、哀怨、伤悲、
歌声委婉，都难以打动屋大维①；
你暮年的岁月将沉入遗忘的深潭。
金色意大利的公民也曾名声非凡，
在野蛮的异邦却孤零零默默无闻，
你的四周总也听不见祖国的声音。
投书给远方的朋友，你满怀沉痛：
"请帮我返回祖辈居住的圣城！
还给我世袭花园里宁静的绿荫！
带我恳求奥古斯都，我的友人，
用泪水求他高抬贵手从轻惩处，
但若是愤怒之神至今不肯饶恕，
伟大的罗马呀，今生再难见你，
愿最后的祈祷能缓和可怕的遭际，
让我的灵柩接近美丽的意大利！"
你把无望的悲吟留给晚辈后裔，
哪个人能心肠冷酷，无视优美，
贸然责备你的沮丧，你的泪水？

---

① 屋大维，即奥古斯都（公元前63—公元14），公元前27年以前名屋大维，公元前27年登上罗马皇位，称奥古斯都大帝。

什么人敢傲慢粗鲁，不通人情？
吟诵诀别人世的哀歌竟无动于衷！

我是严肃的斯拉夫人，泪不轻弹，
我对世界、对人生和自己统统不满，
但我理解你的歌，不禁心潮起伏，
寻觅你的行踪，我是任性的囚徒，
在这里苦度余生，你的境遇凄凉。
我在这里因为你生发出种种幻想，
奥维德，我默默地重复着你的歌，
并且逐一印证你诗中的感伤景色；
然而视线不甘忍受幻影的欺骗，
你的放逐暗中吸引着我的双眼。
我看惯了北方阴沉惨淡的雪景，
这里的蓝天却持久地放射光明；
这里冬天的风暴难以长久逞凶。
一个新移民来到了斯基福海岸，
南方之子紫红的葡萄光彩鲜艳。
俄罗斯的草原十二月已经阴暗，
蓬松的积雪覆盖旷野如同地毯；
那里严冬呼号，这里春风送暖，
一轮艳阳照耀我头顶上的蓝天；

枯黄的草场露出了斑驳的新绿，
早耕的犁铧翻开了自由的土地；
微风习习，黄昏时有料峭春寒，
湖面的冰层不透明，色调暗淡，
像一层璞玉覆盖着静止的流水，
这一天，苏醒的诗灵展翅腾飞，
我想起了你那忐忑不安的体验，
你头一次试图踏上冰封的波澜，
你迈开了脚步，心中感到迷茫……
恍惚间，我看见那新结的冰上，
你身影一闪，远处传来了悲吟，
像离别时凄楚的长叹哀婉动人。

欣慰吧，奥维德的桂冠没有凋零！
唉，世世代代将不知道我的姓名，
卓尔不群的歌手，时代的牺牲品，
我的才华浅陋平庸而今行将耗尽，
与平生忧伤、短暂浮名一道消逝……
然而后代子孙倘若了解我的身世，
来到这遥远荒僻的所在察访寻觅，
在名人的尸骨附近探寻我的遗迹——
挣脱遗忘之岸淡漠冷清的罗网，

我的幽灵怀着感激将向他飞翔，
我珍视这后代子孙的缅怀思念。
但愿我心中的遗言能传之久远：
和你一样，受到无情命运的捉弄，
我们名望有高下，而遭遇却相同。
在这里我让北国的琴声传遍荒原，
我四处漂泊，像当年在多瑙河岸，
心灵高尚的希腊人那样呼唤自由，
但世界上没有一个朋友听我弹奏；
然而，温和的缪斯、沉睡的树林、
异域的田园山冈终归是我的知音。

（1821）

第十诫

决不能贪图他人的财物，
主啊，你对我这样吩咐；
可我怎能控制脉脉柔情？
你知道我的能力有限度。
我并不想要把朋友欺侮，
也不妄想占有他的庄园，
他的犍牛我不想要，不，
我看待一切都平静坦然：
他的房屋、牲畜、奴仆，
富贵荣华我统统不羡慕。
但假如他有美貌的女奴，
我便不能自持，我的主！
假如他的伴侣姿容妩媚，
生就了一副天使的眉目——
公正的主啊，请你宽恕，
我对他的艳福心怀嫉妒。
谁能够主宰自己的心灵？

谁甘心徒劳无益地忙碌？
目睹美人儿怎能不动情？
谁又不向往天堂的幸福？
望着她，我会烦恼感叹，
但是严守本分决不唐突，
决不去迎合内心的欲念，
我在沉默之中暗自痛苦……

（1821）

艾列菲丽娅 ①……

艾列菲丽娅，在你面前，
艳丽群芳俱已变得暗淡，
艾列菲丽娅，我永远属于你，
永远！我的心为你炽如烈焰！

尘世的喧嚣把她惊扰，
宫廷的豪华令她反感；
我爱慕她的机敏和才智，
我的心能领悟她的语言。

在南方，在平静的幽暗中，
艾列菲丽娅，请把我陪伴，
有损你那美质的是严寒……
严寒，俄罗斯的严寒。

（1821）

---

① 希腊少女的名字，含义为"自由"。

最后一次

最后一次，温柔的朋友，
我又走近你明亮的堂屋，
最后一个时辰，我和你
分享爱情的安谧与幸福。
今后黑夜里不必再等我，
你怀着期待会枉自痛苦，
在第一缕晨光出现之前，
切莫要再点燃蜡烛。

（1821）

给巴拉丁斯基 ①

——寄自比萨拉比亚

这一片荒凉的土地，

让诗人的心觉得神圣，

杰尔察文曾把它赞誉，

到处是俄罗斯的光荣。

至今奥维德 ② 的幽灵

还在寻找多瑙河之岸，

飞向缪斯飞向阿波罗，

回应他们甜蜜的呼唤。

我常在陡峭的岸边

陪伴这孤魂散步赏月，

但是我更想和你拥抱，

朋友，活着的奥维德！

（1822）

---

① 巴拉丁斯基（1800—1844），俄罗斯诗人。

② 奥维德（公元前 43—公元 18），罗马诗人。他因为创作《爱的艺术》，被罗马皇帝长期流放。

囚　徒

牢房潮湿，我坐在铁栅后面，
一只被豢养的鹰拖着锁链。
我这忧郁的伙伴拍着翅膀，
啄着带血的食物，靠近铁窗。

鹰边啄边掷，向窗里凝视，
仿佛和我想着同样的心事；
它呼唤我，用叫声，用目光，
像要说："让我们一起飞翔！

我们是自由之鸟，别再拖延，
让我们飞向乌云外的雪山，
飞向波涛万里的蓝色海洋，
飞向长风伴我遨游的地方！……"

（1822）

小　鸟

在偏远陌生的外地，
恪守故乡古老的乡风：
趁春天节日放飞小鸟儿，
我愿意让它飞向晴空。

我的心得到了慰藉，
又何必抱怨上帝的不公？
既然我能随心所欲，
把自由赏赐给一个生灵！

（1823）

夜

我献给你的缠绵懒散的歌声，
搅扰了夜半更深的幽暗宁静。
含愁的蜡烛点燃在我的床边，
我的诗情泉水喷涌汇聚笔端。
爱情之河流淌映照你的身影，
黑暗中闪耀着你明亮的眼睛，
星眸冲我微笑，我听见絮语：
我的朋友，我爱，我属于你⋯⋯

（1823.10.26）

我是荒原上自由的播种人……

"一个撒种的出去撒种"

我是荒原上自由的播种人，
在晨星未现时刻我就出发，
我把富有生命力的种子，
往备受奴役的垄沟里播撒，
我的手纯洁、没有罪过，
可是我白白丧失了时间，
思想虽可贵，劳作无收获……

温驯的人们，只配做牛马！
你们听不见正义的呼声。
何必要把自由赠给畜生？
他们只配被剪毛、被宰割。
他们世袭的遗产是挨皮鞭，
肩负带响铃的沉重车轭。

（1823）

生命的驿车

虽然有时候拉着重载，
驿车行驶得却很轻快；
时间老人，性急的车夫
须臾不从车座上离开。

我们从早晨坐上驿车，
都喜欢泼着性命飞跑，
我们蔑视安逸和懒惰，
"快赶！"我们齐声高叫……

中午时分已锐气大减，
我们经受了摇晃颠簸，
害怕沟坎陡坡，我们喊：
"笨车夫，把车赶慢些！"

驿车像从前仍在奔驰，
到傍晚我们才逐渐习惯，

昏昏欲睡驶向宿营地，

而时间老人正催马扬鞭。

（1823）

都完了，我们再无瓜葛……

都完了：我们再无瓜葛。
最后一次拥抱你的双膝，
我不禁发出痛苦的抱怨。
都完了！我听见你回答。
从今后我不再自我欺骗，
也不再苦苦地把你思念，
过去的事，也许会忘记，
看来爱情跟我原本无缘。
你年轻，你有美的心灵，
还会有很多人把你迷恋。

（1824.1）

克娄帕特拉 ①

女皇用她的目光和声音
使豪华宴会呈现欢乐气氛，
群臣齐声赞颂克娄帕特拉，
公认她是人世间的至尊，
欢呼着涌向她的王位敬酒，
然而，不知是什么原因，
女皇忽然间垂下了头颅，
面对着一盏金杯沉思出神。

转瞬间一切都静悄无声。
盛大宴会仿佛进入了梦幻……
不料女皇突然抬起头来，
满面威严地侃侃而谈：
"听着，我有心让平等

---

① 克娄帕特拉（公元前69—前30），埃及末代女皇，公元前51—前30年在位。
普希金这首诗写于1824年10月，后几经修改，但未定稿，1828年收入小说
《埃及之夜》。

出现在诸位和我之间，
我愿把爱情供你们享受，
诸位可以购买享乐权：
哪位愿做情欲的交易？
我甘愿出售自己的夜晚。
说吧，你们当中哪一个
愿付出性命订购一夜之欢？"

女皇垂训。群臣静默。
一个个内心里涌起了波涛。
克娄帕特拉等待片刻，
面带冷峻傲岸的微笑：
"说吧，为什么默不作声？
是不是想要临阵脱逃？
你们的人数很多，来吧，
请来购买欢乐的良宵！"

女皇以高傲的目光
扫视她王座下的崇拜者……
蓦然——一个人走出行列，
在他后边又站出来两个。
他们步伐坚定，目光明亮。

随即站起了骄矜的女皇。

一举成交：三个夜晚出售……

呼唤勇士的乃是死亡之床。

再次传来女皇傲慢的话音：

"现在我要忘却皇冠与紫袍！

像平凡的女仆躺在卧榻；

为塞普里斯①默默地效劳，

为爱神奉献上新的祭礼。

威严的冥王，倾听仔细，

你主宰鬼魂恐惧的地府！

我的誓约，你务必记住：

在甜美的朝霞出现之前，

我让我的占有者陶醉满足，

付出娇柔的情，销魂的吻，

给他们淋漓尽致的爱抚……

但只要晨光透过寝宫的帷幕，

我以我紫红色的皇袍起誓——

黎明时利斧砍下他们的头颅！"

---

① 塞普里斯，爱神阿佛洛狄忒的别名。

圣洁的手为之祝福，

从占卜命运的陶罐里抽签，

第一个是阿基莱，庞培 ① 的猛将，

头发花白，经过东征西战，

他难以容忍妻子的轻蔑冷淡，

一身傲气，这惯于厮杀的好汉，

像往日响应奔赴沙场的召唤，

他为最后的享乐铤而走险。

第二个是克里顿，风流又精明，

他在亚哥利斯 ② 受过陶冶，

从小时候就是一名歌手，

既迷恋火热的酒席盛宴，

又崇拜维纳斯泼辣的性格。

最后一个人的名姓久已失传，

他的生平谁也说不周详，

也没有任何值得炫耀的地方；

他还是个少年，茸毛纤细，

遮盖着怯生生的面庞。

但他的眸子迸射爱的火焰，

---

① 庞培（公元前106—前48），古罗马统帅和政治家。

② 亚哥利斯，希腊的一个州。

从头到脚一派潇洒倜傥，
他的呼吸令女皇怦然心动，
克娄帕特拉一声不响
沉默良久把这少年欣赏。

（1824）

四、北方流放时期
（1824.8—1826.9）

致雅泽科夫 ①

（米哈伊洛夫斯克，1824）

自古以来，美好的纽带
使天下诗友紧密联结，
他们对缪斯一致崇拜，
心中燃烧同样的圣火。
彼此各有不同的遭遇，
诗的灵感使他们亲近，
我以奥维德的名义起誓：
雅泽科夫，我们心连心。
还记得德尔普特大道，
很久以前的某个早晨，
我带着沉甸甸的手杖，
一步迈进好客的房门。
归来时候我满怀喜悦，

---

① 雅泽科夫（1803—1847），俄罗斯诗人，普希金的朋友。

回想无忧无虑的时光，

自由交谈，海阔天空，

你的竖琴声悠扬响亮。

但是幸运总把我捉弄：

我早就已经无处归依，

专制的政权肆虐逞凶，

我就寝难料梦醒何地。

长期流放，今受监视，

我在煎熬中度日如年，

诗人啊，我在呼唤你，

别让我希望落空，千万！

在这乡间，彼得的教子①，

沙皇与皇后宠爱的奴仆，

曾经在这里闭门隐居，

我那阿拉伯外曾祖父，

他忘了伊丽莎白和宫廷，

在菩提树荫缓缓漫步，

恩宠荣华都已抛在脑后，

回想凉爽宜人的夏天，

---

① 普希金的外曾祖父阿勃拉姆·彼得洛维奇·汉尼拔（1697—1781），是出生于非洲的黑人，曾做沙皇宫廷的黑奴，彼得大帝喜欢他，做了他的教父。

回想他那遥远的非洲。
我就在这里等待着你，
我的知心的骨肉弟兄——
杰里维格① 拥抱你和我，
他是预言家被缪斯选中，
你将发现他戏谑幽默，
他一直期待和你相逢，
放逐生涯的幽暗角落，
将因我们三个而驰名。
我们颂扬自由的赠礼，
捉弄那个监视的家伙，
凭借我们青春的豪气，
设宴畅饮，欢笑不绝；
我们将倾听诗歌朗诵，
倾听酒杯相碰的脆响，
让我们用美酒与歌声，
驱散漫长冬夜的怅惘。

---

① 杰里维格（1798—1831），俄罗斯诗人，普希金的同学和挚友。

致大海

自由奔放的元素，再见！
在我面前你最后一次，
沸腾翻卷着绿色波澜，
频频闪耀傲岸的壮丽。

如同朋友凄凉的抱怨，
像离别时刻他的呼声，
我这是最后一次听见
你忧郁而殷切的轰鸣。

令我心驰神往的边境！
常常徘徊在你的岸边，
时而茫然，时而平静，
为隐秘意图痛苦忧烦。

我喜欢倾听你的回音，
发自深渊的低沉响声，

爱你寂静的傍晚时分，

爱你独具个性的冲动。

看到渔民的温驯风帆，

你随心所欲给予保护，

任其行驶在波涛之间；

一旦你激动或者愤怒，

就会吞没成群的轮船。

你的海岸惆怅而沉寂，

我曾想离开一去不返，

满怀兴奋我要祝贺你，

我梦想跨越你的波澜，

却未能如愿永久逃逸[①]。

我被束缚，无力挣脱，

虽然你在等待在呼唤，

我为强烈情欲所迷惑，

只能滞留在你的岸边。

---

① 普希金曾密谋从俄国南方逃往国外。

有何惋惜？此时此刻
梦想的道路又在何方？
浩瀚海洋中有个处所，
吸引我为之心驰神往。

荣耀的坟茔背靠峭壁 ①……
沉沉的梦境寒冷森严，
包含着多少辉煌回忆：
拿破仑就在那里长眠。

他已在苦难之中安息，
随他之后另一个天才
离开人世如雷霆霹雳——
他是我们心灵的主宰 ②！

他死了，自由在哭泣，
但他的桂冠没有带走。
大海啊，快呼风唤雨，
他生前曾是你的歌手！

---

① 指圣赫勒拿岛。
② 指英国诗人拜伦（1788—1824）。

你的形象由他来体现，
他心中凝聚你的精神：
像你一样深沉、强悍，
像你一样刚毅、坚韧。

大海啊，世界已空旷……
现在你把我引向哪里？
天下都是相同的命运：
点滴利益都有人把持，
或是文明，或是暴君。

别了，大海！忘不了
你的壮丽，你的雄浑，
今后我将久久地聆听
你在傍晚轰鸣的声音。

心中充满了你的形象，
把你带往莽林与荒原，
带走你的波光和声浪，
带走你的礁石与港湾。

（1824）

葡 萄

玫瑰随飘忽的春天枯萎，
我不再为它感到惋惜，
山间葡萄藤上果实累累，
让我由衷地觉得欣喜。
它为肥沃峡谷增添妩媚，
它是金色秋天的欢愉，
成串的葡萄椭圆而透明，
恰似少女的纤纤玉指。

（1824）

田野、树林和山峦的诸位神仙……

田野、树林和山峦的诸位神仙，
我的阿波罗喜爱和你们絮絮交谈，
在你们中间我找到了年轻的诗神，
她是我度日的女友，纯洁又天真，
她很可爱！朋友，你们可同意？
她独具个性，天生有迷人的魅力，
她像轻风徐徐，又像金色的蜜蜂，
又恰似一个飞来的吻，来去匆匆……

（1824）

图曼斯基 [1] 说得对……

图曼斯基说得对，他把您

　　喻为美丽的彩虹。

　　您像虹引人注目，

就像彩虹具有多变的心灵；

您又像玫瑰盛开在我们面前：

　　春天的玫瑰妖娆多姿，

　　炫耀着高贵与娇媚，

上帝保佑，您也同样有刺。

可我最喜欢把您喻为泉水——

　　这比喻最称我的心：

您的心灵和智慧泉水般清纯，

　　当然，比泉水更冷峻。

　　其余的比喻都不大确切，

比喻不当——并非诗人的过错。

---

[1] 瓦西里·伊万诺维奇·图曼斯基（1802—1860），南俄总督办公厅的官员，喜欢写诗，普希金在敖德萨期间和他是同僚，时有来往。图曼斯基曾写诗赞美总督夫人沃隆佐娃，把她喻为彩虹和玫瑰。

您的容貌妩媚，您的心灵美妙，

遗憾的是无法描摹。

（1824.9）

沙皇的黑奴 ①......

沙皇的黑奴忽然想结婚，

他围着贵族小姐打转转，

对那些小姐们看了又看。

他给自己选了个好太太，

黑乌鸦配白天鹅真气派。

他是个黑奴可黑得漂亮，

她是位美人儿白得可爱。

（1824.10）

---

① 普希金的外曾祖父阿勃拉姆·彼得洛维奇·汉尼拔（1697—1781），是出生于
非洲的黑人，普希金写的小说《彼得大帝的黑奴》使他名垂后世。

给婴儿 ①

孩子，我不敢为你
郑重地举行祝福仪式。
你的目光和宁静心灵，
都像带来慰藉的天使。

愿你未来的岁月晴朗，
像你现在明澈的目光。
人世间存在诸多运气，
但愿你最为称心如意。

（1824）

---

① 这是普希金一首诗草稿中的 8 行，这 8 行之前还有一些残句，比如：
　　　永别了，我的爱之结晶，
　　　个中原因不便对你说明……
　　还有：
　　　歪曲真相的飞短流长，
　　　向她描述…… 情节……
　　　或许，她随时会听到
　　　有关于我的种种传说……
　　从这些诗句可以推断，诗人所说的婴儿是他结婚前的私生子。

寄语列·普希金 ①

怎么样？可有葡萄美酒？

莱昂，我已经期待了很久。

你可知道是什么品牌？

我自己有一条规定：

胃口享有充分的自由，

酒浆好坏均可受用。

我的地窖热情好客，

对名酒马德拉深表欢迎，

软木塞密封的辛·别列

贮存一大瓶亦感荣幸。

在我这美好的年纪，

在这放纵的青春岁月，

我喜欢富有诗意的阿伊，

咝咝作响泛着泡沫，

---

① 列夫·谢尔盖耶维奇·普希金（1805—1852），亚历山大·普希金的胞弟，爱
称莱昂。诗中的马德拉、辛·别列、阿伊等，都是葡萄酒或香槟酒的名称。
个别诗行有残缺。

恰似翻腾的爱河之波！······

缅怀诗人，

亲爱的弟弟，这时节，

端起酒浆洋溢的高脚杯

才是人生最大的快乐！

······

如今饮酒不贪杯成癖，

应约入席，我从不挑剔，

迷恋美色的明智之友，

对于酒宴却时常回避。

从容应对，决不过量——

我时不时举起酒杯，

自酌自饮，愿上帝保佑，

我很少喝得酩酊大醉。

（1824）

焚毁的情书

别了，情书，别了！是她的吩咐……
我拖延了很久很久，手再三踌躇，
不忍心把我的全部欢乐投入火焰！……
算啦！时候到了，烧吧，爱的书简。
拿定主意，我的心再不听任何声音。
贪婪的烈火一页页吞噬你的书信……
且慢……信着了……冒出了火苗儿……
袅袅飞逝的轻烟带走了我的祈祷。
痴情的戒指留下的印痕消失不见，
火漆熔化了……啊，你预见到今天！
完了，信纸烧焦，变得弯弯曲曲，
轻飘飘的纸灰显现出泛白的笔迹……
我的心痛苦地收缩。可爱的纸灰，
请留在我凄凉的心底永远把我伴随，
你是我辛酸遭际中的一点点安慰……

（1825.1）

渴望荣誉

当我沉湎于温柔、陶醉于爱情，
当我跪倒在你的面前默默无声，
凝视着你，心里想：我拥有你——
亲爱的，那时我何曾渴望荣誉？！
你知道，远离了浮华的社交界，
我再不想忍受诗人虚名的折磨；
长年累月的风风雨雨使人厌倦，
我根本不愿听嗡嗡嘤嘤的褒贬。
当你低头俯视我目光脉脉含情，
人们的评判议论岂能把我打动？
你把纤手放在我头顶轻轻抚摸，
悄悄问：你可幸福？当真爱我？
你可会像爱我一样爱别的姑娘？
你是否爱上别人就会把我遗忘？
那时候不好意思，我保持沉默，
我整个身心享受着无上的欢乐，
我的脑海里根本没有想到未来，

没想到可怕的日子把我们分开……
没想到眼泪、痛苦、背叛、诽谤，
一股脑儿突然倾泻在我的头上……
这是怎么一回事儿？我在哪里？
如同荒郊野外的行人突遭雷雨，
一道刺目的电光在我眼前一闪，
四周的景物顷刻之间陷入昏暗！
此刻，一种新的渴望使我苦恼：
我渴望荣誉！我愿让我的荣耀
时时传到你的耳畔，让你惊喜，
愿我的名字随时随地环绕着你，
让你周围的传闻把我高声谈论，
你在沉默中谛听我忠诚的声音，
愿你牢牢记住我们分手的时候，
在花园的夜晚我那最后的祈求。

（1825.6）

给奥西波娃 ①

也许，我不会长时间
在平静的流放中滞留，
并为淳朴的民风感叹，
对乡村缪斯默默怀念，
安适的心里没有忧愁。

但是在远方，在异域，
我将会时时处处回想，
神游三山村这片土地，
这草原、丘陵和小溪，
在花园菩提树荫徜徉。

当明朗白昼渐渐昏暗，
墓地里浮现一个孤魂，
他欲飞回自己的家园，

---

① 奥西波娃，三山村的女地主。

136

怀着缠绵不断的幽怨，

把深情目光投向亲人。

（1825.6.25）

保佑我吧，我的护身符……

保佑我吧，我的护身符，
当我悔恨交加，身遭放逐，
请求你能对我加以保护，
你是我患难中得来的信物。

当海洋掀起了惊涛骇浪，
团团围住我，汹涌奔突，
当乌云密布，霹雳震荡，
保佑我吧，我的护身符。

我在异地他乡咀嚼孤寂，
感受着平静的无聊爱抚，
体验战争中烽火的恐惧，
保佑我吧，我的护身符。

闪耀着灵光的甜蜜欺骗，
点燃在心头的神奇明烛……

悄然隐退，烛光已背叛，
保佑我吧，我的护身符。

永远别触痛心底的创伤，
不要让回忆再感受痛苦，
睡吧，思绪；别了，希望；
保佑我吧，我的护身符。

（1825）

致凯恩 ①

我记得那美妙的瞬间，
你，出现在我的面前，
宛如轻灵飘忽的精灵，
恰似至纯至美的天仙。

世事纷扰，嘈杂烦乱，
失望之中我忍受熬煎，
你声音温柔久久回荡，
我几度梦见你的容颜。

岁月流逝，往日幻想
俱被暴雨冲尽、风吹散，
我忘了你的温柔声音，
忘了你天仙般的容颜。

---

① 安娜·彼得罗夫娜·凯恩（1800—1879），普希金的女友。

乡野荒僻，幽居昏暗，

哑默之中我度日如年，

没有神明，没有灵感，

没有泪水、生命和依恋。

心灵复苏的时刻来临，

你又出现在我的面前，

宛如轻灵飘忽的精灵，

恰似至纯至美的天仙。

陶醉的心儿急速跳动，

复活的一切慰藉心田：

有了神明，有了灵感，

有了泪水、生命和依恋。

（1825）

假如生活欺骗了你……

假如生活欺骗了你，
不要悲伤，也不要烦闷，
沮丧的日子暂且克制，
要相信快乐时刻会来临。

我们的心都憧憬未来，
眼前的时光却令人伤感，
万物短暂，转瞬即逝，
而逝去的岁月值得留恋。

（1825）

酒神之歌

欢声笑语，为什么沉寂？

酒神之歌，该纵情高唱！

祝福那些钟情于我们的少妇，

祝福脉脉含情的年轻姑娘！

请把酒杯斟得满满！

再把定情的戒指

伴着叮咚的脆响，

投入杯底，投入芳香的酒浆！

让我们举杯，一饮而尽喝个欢畅！

祝缪斯万岁！让理性永放光芒！

燃烧吧，你，神圣的太阳！

面对光焰万丈的智慧，

虚伪和狡诈终将消亡，

正如当朝霞辉煌灿烂，

这盏油灯会失去光亮。

让黑暗消失，永驻吧，太阳！

（1825）

覆盖着祖国碧蓝的天空……

覆盖着祖国碧蓝的天空，

　　她渐渐憔悴，日趋衰竭……

终于凋谢，年轻的幽灵

　　或许正从我的头顶飞过。

我们之间已是生死之隔，

　　纵使情感激动亦属枉然。

她的死讯来自道听途说，

　　我听了竟然也心情淡漠。

这就是我曾热恋的情人，

　　爱得是那样沉重、焦灼，

那样温情脉脉那样痛苦，

　　那样疯狂而又充满波折！

痛苦与爱情如今在哪里？

　　我心中没有泪水与自责，

无以安慰那轻信的孤魂，

　　追不回消逝的甜蜜岁月。

（1826.7.29）

原野上那残留的花枝……

原野上那残留的花枝
比早开的鲜花更美丽，
它能在我们内心深处
唤醒忧伤思旧的情怀，
因此有时候两地离别，
比甜蜜聚首更加可爱。

（1825.9）

思念你……

思念你，我不惜忘却一切：
忘却竖琴充满灵感的旋律，
忘却少女柔肠如焚的泪水，
忘却心中簌簌抖颤的妒忌，
忘却放逐之苦，荣耀之光，
忘却绵绵情思的明媚华丽，
忘却报复、苦难中的幻想——
那幻想纷纭恰似暴风骤雨。

（1825）

冬天的黄昏

风暴把阴云布满天空，
旋风将雪花卷得飞舞，
风声像野兽的吼叫声，
忽而又像婴儿在啼哭；
忽而刮过破旧的房顶，
掀起了茅草沙沙作响，
忽而又像晚归的旅客，
用力敲打我们的门窗。

我们的茅屋年久失修，
屋子里凄凉光线幽暗，
奶娘啊，我的老妈妈，
你怎么默默坐在窗前？
可是呼呼吼叫的风声，
引起你心里阵阵烦乱，
还是纺车的嗡嗡嘤嘤，
使你昏沉沉感到疲倦？

喝杯酒吧，我的奶娘^①，
我青春坎坷有你做伴。
杯在哪里？借酒浇愁，
心情快乐会忘却忧烦。
你唱支歌吧，唱山雀
怎样在海边静静地飞，
你为我唱吧，唱少女
怎样在凌晨出门汲水。

风暴把阴云布满天空，
旋风将雪花卷得飞舞，
风声像野兽的吼叫声，
忽而又像婴儿在啼哭；
喝杯酒吧，我的奶娘，
我青春坎坷有你做伴。
杯在哪里？借酒浇愁，
心情快乐会忘却忧烦。

（1825）

---

① 普希金的奶娘阿琳娜·罗季昂诺夫娜，农奴出身，擅长讲故事，唱民歌，她
在米哈伊洛夫斯克陪伴诗人度过了孤寂的岁月，诗人敬重奶娘，对她感情很
深。

风　暴

你可曾见过白衣少女
站立悬崖，面对波涛？
大海在昏暗的风暴里
抨击石岸，汹涌咆哮，
闪电放射紫红的光束，
时时把她的身影照耀，
海风激荡，回旋飞舞，
她的披巾正随风飘摇。
风暴弥漫的大海雄浑，
电光映红的天空妖娆，
但我断言那少女更美，
胜过海涛、天空与风暴。

（1825）

斯坚卡·拉辛 ① 之歌

1

沿着宽阔的伏尔加河，

划来船头尖尖的木船，

划船的水手个个勇猛——

都是年轻的哥萨克好汉。

船尾坐着他们的首领，

斯坚卡·拉辛威严肃穆。

他面前有个美丽的少女，

那是被俘的波斯公主。

拉辛对公主看也不看，

只是望着伏尔加母亲河，

① 斯杰潘·拉辛（约1630—1671），斯坚卡是他的爱称，顿河哥萨克领袖，领导了1670—1671年的农民战争，显示出高超的军事才能和组织才能，后被哥萨克上层人物出卖，在莫斯科被沙皇政府杀害。普希金认为拉辛是"俄国历史上唯一富有诗意的人物"。这首诗依据民间传说写成。

威严的拉辛缓慢地说：
"你好啊，亲娘伏尔加！
我从小就受到您的哺育，
漫漫长夜你摇着我入睡，
保护我不畏惧风高浪急，
你善待我的哥萨克弟兄，
可我们从没有祭奠过你。"
威严的拉辛跳起身来，
一扬手抓住了波斯公主，
美丽的少女被扔进波涛，
成了祭奠母亲河的礼物。

2

斯坚卡·拉辛
有一次贩运货物，
来到阿斯特拉罕城，
督军看见了他，
命令他纳税进贡。
斯坚卡·拉辛
献上柔软的锦绸，
献上柔软的锦绸——

锦绸柔软金灿灿。
督军贪得无厌，
又向拉辛要皮袍。
他要昂贵的皮袍，
他要新做的皮袍，
一件要海狸皮袍，
一件要黑貂皮袍。
斯坚卡·拉辛
没有给督军皮袍。
那位督军说道：
"斯坚卡·拉辛，
快把皮袍脱下来，
你给，说声谢谢；
不给，把你吊起来!
吊在绿色的橡树，
吊在绿色的橡树，
吊在旷野空地，
再给你披张狗皮!"
斯坚卡·拉辛
琢磨琢磨说道：
"好吧，长官大人，
请你拿走皮袍，

请你拿走皮袍，

不要再叫嚷吵闹。"

3

不是人叫嚷，不是马奔腾，

不是野外传来的喇叭声，

那是暴风雨喧哗、咆哮、

水流倾泻，夹杂电闪雷鸣。

暴风雨呼唤我斯坚卡·拉辛，

快到蓝色的海洋上去驰骋：

"鲁莽的青年，剽悍的暴徒，

无所畏惧，你是造反的好汉，

快驾起你行驶如飞的小舟，

快扯起亚麻布缝制的船帆，

走遍蓝色大海，无人敢阻拦。

我将为你驱赶来三条海船：

第一条船上装满了黄金，

第二条船上载满了白银，

第三条船上有你中意的女人！"

（1826）

先 知

我忍受着精神的折磨，
漫步走在阴霾的荒野，
这时候飞来六翼天使，
在十字路口拦住了我；
他用轻柔如梦的手指，
触摸了一下我的眸子，
先知的眼睛忽然睁开，
像鹰隼一样目光犀利。
他又触摸了我的双耳，
耳朵立刻充满了声响：
我听见了震颤的天籁，
听见天使在空中飞翔，
听见妖怪在海底潜行，
听见藤蔓在峡谷生长。
随后他让我张开双唇，
拔去舌头揪断了舌根，
免得再作孽蛊惑人心，

天使的右手鲜血淋漓，

把条灵蛇的舌头芯子，

塞到我喑哑的口腔里。

他用剑剖开我的胸膛，

掏出怦怦跳动的心脏，

又把熊熊燃烧的炭火，

一下子放进我的胸腔。

横陈荒野我如同僵尸，

上帝向我发出了呼唤：

"喂，起来吧，先知！

你要亲自去听，去看，

你要去完成我的意愿，

五洲四海，走遍人寰，

用语言去把人心点燃。"

（1826）

给卡·阿·蒂玛舍娃 ①

看见您，我倾心拜读
这造化神奇的灵秀作品，
您写诗推崇自己的理想，
苦苦追求有颗梦幻的心。
您的姿容，您的谈吐，
您流露着灵性的眼神，
您的如火如荼的诗句，
使我如饮毒酒动魄销魂。
堪与"绝代玫瑰"媲美，
永恒的理想给人以欢欣，
百倍幸运者能诱发您
少许诗韵、大量的散文。

（1826）

---

① 卡·阿·蒂玛舍娃（1798—1881），莫斯科女诗人，以美貌著称。

给普欣 ①

我的挚友啊，我的弟兄！
我曾把命运由衷地赞颂，
当我那座荒凉的院落，
一片凄清，覆盖积雪，
忽然响起了你的马铃声！

我要祈求圣洁的神明，
愿我的歌声为你的心灵，
带去同样温馨的慰藉，
让中学时代的明媚岁月，
照亮你那昏暗的牢笼。

（1826）

---

① 当普希金被幽禁在米哈依洛夫斯克村期间，1825 年 1 月 11 日，他的同学与
挚友普欣曾顶风冒雪乘雪橇去乡下看望他，诗人非常感动，写下了这首诗，
赞美真诚的友谊。

斯坦司 ①

殷切期望荣誉和仁慈，

我毫无畏惧眺望前方，

彼得光荣岁月的开端，

因暴乱杀戮幽暗无光。

但他靠真理吸引民心，

凭借科学改变了世风，

他认为，多尔戈鲁季 ②，

与暴乱的射击手不同。

他以独断专行的手腕，

大胆地播撒文明之种，

从不蔑视自己的祖国，

他深知俄罗斯的使命。

---

① 普希金创作这首诗颂扬了彼得大帝，意在规劝沙皇尼古拉一世，以宽容的态
度赦免十二月党人。

② 多尔戈鲁季（1659—1720），沙皇彼得大帝的大臣，以耿直敢言著称。

他是水手，又是木匠，
他是学者，又是英雄，
他的胸怀能包容天地，
永远是皇位上的劳工。

请在各方面效法前辈，
请以宗室的传统为荣；
像他一样勤勉、坚韧，
并牢牢记住他的宽容。

（1826）

答费·图^①

不，她不是契尔克斯女郎，
从阴郁的卡兹别克山脊，
到格鲁吉亚深深的谷底，
从来没见过这样的美女！
不，她的眼睛里不是玛瑙，
倾东方所有的珠宝珍奇
也抵不上那南方的眸子，
她迷人的目光无比甜蜜。

（1826）

---

① 指诗人费·图曼斯基（1802—1860），南俄总督办公厅官员，喜欢写诗。普希金在敖德萨和他时有交往。诗中的美女指总督夫人沃隆佐娃（1792—1880）。

160

五、莫斯科时期
(1826.9—1831.5)

冬天的道路

穿过波浪翻滚的烟云，
露出一钩淡淡的弯月，
清辉凄凉笼罩着树林，
幽光如水向旷地流泻。

沿着冬天萧条的道路，
三套马拉着雪橇飞奔，
一路上铃声枯燥单调，
让人疲倦，让人困顿。

马车夫唱起悠长的歌，
那歌声听来叫人感动：
忽而迸发出豪迈激越，
忽而勾起揪心的愁情……

不见灯火，不见村舍……
一片荒芜，白雪皑皑……

只有带条纹的里程标
迎面扑来，迎面扑来……

寂寞惆怅啊……明天，
尼娜，我将靠近壁炉，
和心爱的你相依相伴，
忘情地凝视你的眉目。

墙上的挂钟音调和谐，
节奏均匀走完了一周，
午夜送走了不速之客，
我们两个却再不分手。

尼娜，我的路程无聊，
车夫瞌睡，歌声消沉，
车铃叮当，单调枯燥，
弯月再次笼进了烟云。

（1826）

给奶娘 ①

我年迈苍苍的老妈妈，
你伴我度过严酷岁月！
你独自在那松林深处，
很久、很久等待着我。
你在堂屋里坐在窗边，
苦苦守候，郁闷伤心，
你那布满皱纹的手里
不时停下缓慢的织针。
你看着被遗忘的大门，
望着远处乌黑的道路，
忧虑、预感以及惦念
使你的胸口阵阵痛楚。
你似乎觉得……

（1826.10）

---

① 普希金的奶娘阿琳娜·罗季昂诺夫娜（1758—1828），农奴出身，擅长讲故事，
唱民歌，她在米哈伊洛夫斯克陪伴诗人度过了孤寂的岁月，诗人敬重奶娘，
对她感情很深。诗人重返莫斯科以后，因思念奶娘写了这首诗，但由于心情
痛苦，未能写完。

寄西伯利亚 ①

在西伯利亚深深的矿坑，
望你们保持高昂的耐性，
你们忍辱负重绝非徒劳，
崇高的志向决不会落空。

幽暗的地下潜藏着希望，
像忠实的姊妹伴随不幸，
如愿的时刻必定来临，
叫醒欢乐并激发豪情：

爱情与友谊将亲近你们，
穿透阴暗的牢门重重，
到那时你们苦役的囚室，

---

① 俄国贵族先进分子，为反抗农奴专制制度，1825 年 12 月 14 日在彼得堡发动
起义，惨遭镇压，五位领袖被处以绞刑，一百多人流放西伯利亚。1827 年初，
十二月党人穆拉维约夫的妻子不畏艰险前往赤塔探望丈夫，普希金托她把这
首诗和《给普欣》带往西伯利亚，向朋友们表示支持和鼓励。

将响彻我自由的歌声。

沉重的枷锁定会脱落，
黑暗的监狱将瓦解土崩，
各位弟兄会递上利剑，
自由在门口把你们欢迎。

（1827）

夜莺和玫瑰

春天，静悄的花园里夜色朦胧，
东方夜莺把情歌献给玫瑰；
但可爱而冷漠的玫瑰听也不听，
她在爱的颂歌中摇摆瞌睡。
你岂不是这样赞颂冷漠的美人？
何苦追求？ 诗人，你该清醒！
不把诗人放在眼里，无动于衷；
看她娇艳如花，叫她却不应声。

（1827）

给叶·尼·乌沙科娃 ①

即便在远离你的地方，
我和你也不会分离，
倦怠的眼睛倦怠的唇
将会折磨我的记忆；
我在肃穆中发出呻吟，
并不指望得到安慰……
假如我被处以绞刑，
您可会为我叹息垂泪？

（1827.5.16）

---

① 叶·尼·乌沙科娃（1809—1872），莫斯科贵族小姐，才貌出众，喜爱诗歌，普希金曾向她求婚。

三股清泉

在人间凄凉无边的草原，
神秘地喷涌着三股清泉：
青春的泉水，湍急莽撞，
沸腾、喧哗、波光闪闪；
诗歌的泉水以灵感浪花
润泽人世草原的放逐者，
最后一股泉水叫作遗忘，
浇灭心灵之火最为甘甜。

（1827）

阿里昂 ①

我们很多人同乘一条船，
有些人奋力扬起风帆，
其余的人们动作协调，
把巨桨划入深深的波澜。
我们的舵手聪明、镇定，
默默操舵驾驶满载的船；
而我——为水手们歌唱，
怀着无忧无虑的信念……
突然，咆哮的狂风袭来，
顿时卷皱了大海的胸膛……
舵手和水手都遇难身亡！
只留下我这神秘歌手，
被暴风抛到了海岸上。
我吟唱着往日的颂歌，

---

① 阿里昂，古希腊诗人，传说他航海时遇难，海豚把他驮到岸边。普希金写这首诗，曲折地表达了他与十二月党人的关系，唱着往日的颂歌，意味着他依然忠实于往日朋友，忠实于往日的信念。

在悬崖下面，让太阳
晒干我湿淋淋的衣裳。

（1827）

天　使

温柔天使在伊甸园门口，
低低垂首，闪耀光明，
而反叛的恶魔紧锁眉头，
在地狱深渊上空飞行。

否定的精灵，怀疑的精灵，
抬头仰望那纯洁的精灵，
恶魔不由自主想要和解，
隐约体验了初次的激情。

他喊道："请原谅，看见你，
我并非徒劳地承受光明，
我再也不蔑视人间万物，
我再不一味地仇视天庭。"

（1827）

诗　人

当阿波罗尚未要求诗人
做出圣洁庄严的牺牲，
诗人的生活无忧无虑，
沉浸于世俗的纷扰中；
他那神圣的竖琴沉默；
心灵品味着寒冷的梦，
世上渺小的孩子中间，
也许他显得最为平庸。

一旦他那灵敏的听觉
听到神灵发出的语言，
诗人的心就像一只鹰，
从梦中惊醒簌簌抖颤。
世间的享乐令他忧虑，
滔滔的流言使他反感，
决不膜拜世俗的偶像，
高昂着头颅性格傲岸；

他落落寡合变得肃穆，

心中充满声浪与骚乱，

他逃向广阔的大森林，

逃向波涛汹涌的海滩。

（1827）

1827 年 10 月 19 日

上帝保佑你们，我的朋友，
生活与皇差都顺心如意，
愿你们常常欢宴纵情饮酒，
愿爱情幽会给你们甜蜜！

上帝保佑你们，我的朋友，
平安度过人生劫难与风暴，
无论在阴暗地牢做阶下囚，
还是在他乡、在天涯海角！

（1827）

护身符

在那里，大海拍击悬崖，
无休无止，鸣溅呜咽，
那里，温馨的黄昏时刻，
闪耀着暖融融的月色，
那里，穆斯林偕同妻妾
安闲度日，尽享欢乐，
那里，多情迷人的美女
把护身宝符赠送给我。

耳鬓厮磨，她对我说：
"你要珍重我这护身符，
须知它有神奇的力量！
它是爱情赏赐你的信物。
不过，亲爱的，它不能
消灾祛病使你免进坟墓，
它不能使你躲避风雨，
在电闪雷鸣时把你保护。

这护身宝符不能够给你
带来东方的珍宝财富，
这护身符也不能帮助你
征服先知的无数信徒，
它无助你和朋友们团聚，
挣脱异地他乡的苦楚，
也无助你从南方到北国
踏上返回故乡的旅途……

然而，当那狡黠的眼睛
出其不意地把你诱惑，
当缺乏爱意的红嘴朱唇
吻着你度过漫漫长夜，
亲爱的，我的护身宝符，
保佑你不变心不忘却，
让你的心再不会受折磨，
保佑你不犯新的罪孽！"

（1827）

春天，春天……

春天，春天，恋爱季节，
你的来临让我多么难过，
我的胸膛，我的血液，
翻腾着令人痛苦的浪波……
心灵已经与欢乐隔绝……
光彩四射，雀跃欢呼，
带来的只有怅惘与折磨。
莫如给我飞旋的暴风雪，
给我黑暗而漫长的冬夜。

（1827）

致乔治·陶君 ①

您这出神入化的铅笔，
何苦画我黑人的侧影？
纵然这画像流传后世，
靡非斯特将加以嘲讽。

你应该去画奥列宁娜！
既然灵感燃烧着胸怀，
对青春与美表示崇拜，
适足以显示您的才华。

（1828.5.9）

---

① 乔治·陶，英国旅俄画家，一次乘船出海，曾在船上为普希金画速写像。普
希金的外曾祖父是黑人，他身上有黑人血统，因而自称"黑人"。靡非斯特
是歌德名作《浮士德》中的魔鬼，对一切都持怀疑和否定的态度。这首诗以
委婉曲折的手法，表达了诗人对奥列宁娜的倾慕。

你和您

她无意间用亲切的你
代替了空泛客套的您，
幸福的幻想翩翩升起，
激荡着一颗钟情的心。

我伫立在她面前出神，
移开视线，没有气力，
我对她说：您真动人！
心里却想：我真爱你！

（1828）

她的眼睛

她很迷人，不妨这么说，
她是宫廷卫士们的克星，
她那契尔克斯人的眼睛，
像南方的星光一样明亮，
可用优美的诗句来形容；
她惯于用眸子大胆注视，
擅长顾盼生辉眉目传情。
但是得承认，我更喜爱
我的奥列宁娜那双眼睛！
其中有多少深邃的才思，
有多少天真稚气的纯情，
有多少缠绵不尽的心意，
有多少温柔，多少憧憬！……
低头时眼含爱神的微笑——
矜持中流露出风情万种；
抬起头像拉斐尔的天使，
明眸凝望着威严的神灵。

（1828）

格鲁吉亚的歌曲太悲切……

格鲁吉亚的歌曲太悲切，
美人儿，请别对我歌唱，
它使我想起另一种生活，
使我想起了遥远的地方。

啊，你唱的声调太凄惨，
勾起我心头的重重回忆，
想起远方的夜晚和草原，
想起月光下不幸的少女！

看着你，我便常常忘记
那命运多舛的迷人倩影，
听你歌唱——我的心里
又一次浮现出她的面容。

格鲁吉亚的歌曲太悲切，
美人儿，请别对我歌唱，

它使我想起另一种生活，

使我想起了遥远的地方。

（1828.6.12）

肖　像

她的激情犹如暴风，
她的心灵迸发出火焰，
北方的女性啊，她——
有时出现在你们中间，
无视上流社会的礼仪，
倾尽全力勇往直前，
就像天体中一颗彗星
一意孤行，不守规范。

（1828.8）

知心人

我贪婪地捕捉你的表白
和你每一声温柔的抱怨，
那狂热而亢奋的语言，
注入我如醉如痴的心田！
请你不要再讲你的故事，
且把你的幻想珍藏心间。
我不想了解你的底细，
我害怕火热激情的传染。

（1828.8.12）

预　感

漫天的乌云哑默无声，
又一次在我头顶聚拢；
嫉妒的命运再施威胁，
欲将我投入新的不幸……
我对厄运仍报以轻蔑，
还是面对面进行抗争？——
再现我年轻时的孤傲、
忍耐，与不屈的个性！

动荡的生活令我厌倦，
冷漠地等待风狂雨骤。
或许，我会重新得救，
找到躲避风雨的码头……
预感到分离不可避免，
在这令人难堪的时候，
我的天使，最后一次，
让我匆匆握紧你的手。

温柔而安详的天使呀，
请悄悄说声："再见！"
伤心吧，扬起或垂下
你那柔和多情的视线；
未来的日子在我心中
将以对你的缅怀思念
取代青春岁月的力量、
希望以及傲慢和勇敢。

（1828）

豪华的城，可怜的城 ①······

豪华的城，可怜的城，
精神拘谨，外表庄重，
无聊、寒冷，花岗岩，
淡青夹带惨白的天空。

但有时我对这座城市，
仍不免产生几分留恋：
这里有一双纤纤秀足，
有金发灿灿随风舒卷。

（1828）

---

① 这首诗是写给奥列宁娜的。

188

箭毒木 ①

在贫瘠、荒凉的旷原，
在蒸腾着炎热的土地，
箭毒木像威严的哨兵，
在天地之间傲然屹立。

蛮荒的自然干渴焦灼，
生它的时候满怀怒气，
用毒液浇灌了它的根，
阴森的绿叶长在树枝。

一滴滴毒汁渗透树皮，
中午燥热时化为毒气，
到傍晚时刻渐渐冷却，
凝成黏稠透明的晶体。

---

① 箭毒木，又称见血封喉，是一种生长于热带的毒树。普希金写这首诗讽刺沙
皇的阴险野心，作品发表后，引起当权者的不满，诗人因而受到更加严密的
监视。

鸟儿不敢飞向箭毒木，
虎也害怕，只有黑风
有时候吹向死亡之树，
但离开时风已经中毒。

迷路的乌云偶尔经过，
雨滴淋湿茂密的树叶，
顺树枝向下流淌毒汁，
树下的沙土滚烫火热。

然而人却以威严目光，
逼迫人去找这棵毒树，
那个人只能遵命出发，
转天早晨带回了箭毒。

双手献出致命的树脂，
枝上的叶子已经干枯，
那人的额头一片惨白，
上面布满了滚滚汗珠。

献出了箭毒随即栽倒，

在帐篷里面一命呜呼，
驯从的奴隶注定死亡，
主宰他的是无敌君主！

骄横的君王一声令下，
毒液涂抹所有的箭镞，
毒箭射向四周的邻邦，
射出死亡，射出恐怖！

（1828）

一朵小花

我在书里发现一朵小花，
花早已干枯，不再芳香，
我的心顷刻间受到触动，
充满了离奇古怪的联想：

哪一个春天？开在哪里？
它如何开放？开了多久？
什么人采来夹放在书中？
是熟人还是陌生人的手？

是为了纪念温馨的相聚？
还是为怀念命定的离散？
抑或是缅怀孤独的散步，
在林荫，在静寂的荒原？

他可活着？她是否健在？
他们的家现在哪个角落？

也许他和她都已经凋谢，

一如这无人知晓的花朵？

（1828）

我行我素……

我行我素，现在还像从前，
无忧而多情，你们知道，朋友，
目睹美色我不能不心怀迷恋，
不能不暗自激动，羞怯而温柔。
生活中经历了多少次爱的戏弄？
多少次挣扎，像只年轻的鹞鹰，
挣扎在维纳斯布下的情网中：
虽百次蒙受屈辱却秉性难改，
我向新的偶像再一次顶礼膜拜……

（1828）

爱情的滔滔絮语……

啊，爱情的滔滔絮语，
未经修饰，词不达意，
恰似一篇粗疏的散文，
令你生厌，我的天使。
而阿波罗的赫赫威名，
少女听来却心中甜蜜，
她迷恋那匀齐的声调，
她欣赏那傲岸的韵律。
爱情的表白让你惊恐，
你撕毁情书毫不迟疑，
但是面含温柔的微笑，
你将捧读寄赠的诗句。
从今往后，你该赞美，
我天生的诗情与才思。
迄今为止生活于荒原，
以我心中的激情为食，
逼我接受的只有放逐，

除了诽谤，就是囚居，
还有几声冷淡的赞誉。

（1828.5.9）

征 兆

我来看您：我的心田
相继涌现联翩的梦想，
天上的月亮在我右边，
伴着月亮我行迹匆忙。

我离开您：梦想转换……
钟情的心儿陷入忧伤，
天上的月亮在我左边，
把我陪伴，月光凄凉。

我们诗人在寂静时刻，
往往沉溺于这些幻想；
内心情感与迷信征兆
彼此相连，变化无常。

（1829）

格鲁吉巫山冈夜色茫茫……

格鲁吉巫山冈夜色茫茫，
阿拉格瓦河在我面前流淌。
抑郁又轻松，忧思明亮，
想念你，想得我百转愁肠，
想念你，唯独想念你一个，
剪不断胸中平静的惆怅，
一颗燃烧心儿啊又在爱，
因为它不可能逃脱情网。

（1829）

给卡尔梅克姑娘

别了，可爱的卡尔梅克姑娘，

游牧民族令人赞赏的习尚，

差一点儿把我的主意打乱，

吸引我追随着你的大篷车，

在辽阔的草原四处游荡。

诚然，你的眼睛过于纤细，

鼻子过于扁平，前额太宽，

你不会柔声细气地讲法语，

你的双腿也没有穿绸裹缎，

你不会在茶炊前撕碎面包，

模仿英国人的生活习惯。

你不为《商玛尔》① 拍手叫好，

对莎士比亚也不轻易赞叹，

当你的头脑什么也不思考，

并不沉浸于无边的梦幻。

---

① 《商玛尔》是一部法国小说，当时在俄国很流行。

你不会低吟："他在何方？"

也不能在舞会上舞步翩翩。

这又何妨？只需半个小时，

趁着仆人备马套车的时刻，

我一心一意仔细地观赏

你的目光和野性的姿色。

朋友们！横竖还不一样：

为无聊的心儿寻求寄托，

在华丽客厅，在时髦包厢，

或是在游牧民族的大篷车？

（1829）

冬天的早晨

严寒和太阳：奇妙的白天！
俏丽的朋友，你还在睡眠；
该起了，美人儿，快醒醒！
快来吧，你是北方的星辰，
迎着阿芙罗拉这曙光女神，
睁开你柔情脉脉的眼睛！

可记得，昨夜风雪凶猛，
乌云翻卷遮蔽了阴霾天空；
月亮就像个苍白的斑点，
从云层缝隙流泻昏黄的光，
你坐在房间里满怀着忧伤，
现在，请你快往窗外看……

请看寥廓的天空一派蔚蓝，
雪笼原野犹如华丽的地毯，
在太阳照耀下闪闪发光，

树林透明呈现乌黑的轮廓，
蒙着霜雪的云杉泛出绿色，
结了冰的小河显得晶亮。

琥珀般的霞光照亮了房间，
屋子里面的壁炉已经点燃，
噼啪响的干柴冒出火苗，
躺在暖炕上遐想格外舒心。
你可知道：及早吩咐仆人
该把棕色骡马套上雪橇？

好朋友，让我们策马扬鞭，
驱动雪橇驶向早晨的雪原，
任凭马蹄匆匆一路飞奔，
我们要巡视空荡荡的旷地，
探望树林，它曾一度茂密，
探望我魂牵梦萦的河滨。

（1829）

我曾爱过您

我曾爱过您；也许在我心中
尚未完全熄灭爱情的火焰；
但别让这爱再搅扰您的安宁，
我绝不想带给您些微忧烦。

我曾默默而无望地爱过您，
常忍受怯懦和嫉妒的熬煎；
愿上帝为您选中另一个情人，
能像我一样真挚地把您迷恋。

（1829）

走吧，朋友……

走吧，朋友，无论到哪里去，
我随时准备和你们一道同行，
为了远远离开那傲慢的少女，
哪怕千里迢迢去中国的长城！
去沸腾的巴黎，去那座城市，
夜晚船夫不再唱塔索的诗句，
古城的繁华沉睡在灰烬之中，
片片柏树林散发出阵阵香气，
我愿走遍世界！走吧，朋友！
但请问：旅程可会消磨激情？
能不能忘记傲慢恼人的少女？
还是忍气吞声拜倒在她脚下，
像惯于进贡奉献出爱的情意？
……

（1829）

圣 母

用古代大师的许多名画
装点居室，不合我的心愿，
免得让来访者感到惊讶，
也省得鉴赏家们郑重评点。

一幅画挂在朴素的角落，
写作余暇我对它久久瞻仰，
就仿佛从云端凝视着我，
那是圣母和救世主的画像。

圣母庄严，圣婴智慧无量，
和蔼地俯视，沐浴着灵光，
身后有棕榈，没有天使陪伴。

我的愿望终于实现，造物主
把你赐给我，你是我的圣母，
你是纯美之中最圣洁的典范。

（1830）

少　年①

一个渔民在寒冷的海边撒网捕鱼；
孩子给父亲帮忙，少年，别当渔民！
等待你的是不同的网，不同的忧虑：
你该网罗智慧，去做沙皇的重臣。

（1830）

---

① 这首诗所写的少年是指俄罗斯伟大的学者罗蒙诺索夫（1711—1765），他出生
在渔民家庭。日后成了俄罗斯科学院院士，莫斯科大学的创建者。

招　魂

噢，假如当真在深夜，
当世上的人都已沉睡，
天上的月亮清辉洒落，
轻轻笼罩石雕的墓碑；
噢，假如当真那时候，
墓地空旷，无声无息，
我呼唤幽灵，我的朋友，
来吧，雷拉，我等待你！

出现吧，多情的魂灵，
就如同你在诀别时刻，
苍白冰冷，恰似寒冬，
忍受临终痛苦的折磨。
来吧，化作远方的星，
化作轻风或化作天籁，
不然化作可怕的鬼影，
都无所谓，快来！快来！

我呼唤你并不是为了
谴责某些人凶残妒忌，
他们的流言戕害了你，
我不想探究坟冢奥秘，
无意摆脱恼人的忧虑……
我只是仍然感到悲哀，
只想说：我仍然在爱，
来吧，我仍然属于你！

（1830 年秋）

你离开异邦的土地……

你离开异邦的土地，
心向祖国遥远的海岸；
在难忘的悲伤时刻，
面对你，我泪如涌泉。
我冰凉麻木的双手，
一度想极力把你阻拦；
离别时痛苦又可怕，
我却盼延续那段时间。

但挣脱苦苦的亲吻，
你把嘴唇移到了旁边；
你激励我远走他乡，
逃离阴郁的流放地点。
你说："重逢那一天，
在永恒的碧蓝天空下，
我们在橄榄树的绿荫，
再次亲吻、再次热恋！"

哎，那遥远的地方，
天穹闪耀着一片蔚蓝，
橄榄树荫投向海水，
你啊，却已终归安眠，
你的美丽以及痛苦，
都已消失在墓穴里面，
我期待的重逢一吻，
也随同你葬入了黄泉……

（1830.11.27）

我的家世 [1]

俄罗斯一帮拙劣文人
恶毒嘲笑他们的同行，
他们说我是显赫权贵，
请看，这有多么荒唐！
既非军官，又非法官，
我也并非出身于豪门，
不是学者，不是教授，
我是俄罗斯一介平民。

我理解时代不断变化，
对此我不想进行反驳，
我们有了新生的门第，
门第越新就越加显赫。

---

[1] 俄罗斯官方杂志《北方蜜蜂》的主编布尔加林曾嘲讽普希金，说他冒充贵族，其实只是个平民，还说他的外曾祖父是彼得大帝用一瓶甜酒换来的黑奴。普希金写了这首诗予以答复。作品未获准发表，以手抄本流传，因语言犀利，多所影射，招致许多达官权贵不满。

我是衰落家族的后代，

所幸并不是孤身一人，

我是古老贵族的子孙，

诸位，我是渺小平民。

我爷爷没有卖过油饼①，

没有给沙皇擦过皮鞋②，

没和教堂执事唱赞歌，

没从面首跃升为伯爵③。

没有开过小差当逃兵，

在奥地利军敷过发粉④，

我怎么能够算是显贵？

上帝保佑，我是平民。

我先祖拉恰⑤凭着臂力，

效忠神圣的涅夫斯基⑥。

---

① 暗指亚·达·敏什科夫（1670—1729）公爵，据说他小时候卖过油饼，他的曾孙亚·谢·敏什科夫是沙皇亚历山大一世的重臣。
② 暗指库代索夫伯爵，曾是沙皇保罗一世的近侍，常为沙皇擦皮鞋。
③ 影射拉祖莫夫斯基（1709—1771）伯爵，当过教堂唱诗班的歌手，后来成了女皇叶卡捷琳娜二世的面首，一步登天，跃升为伯爵。
④ 敷发粉的逃兵指帕·阿·克莱米赫尔伯爵的祖父。
⑤ 拉恰，传说是普希金家族的远祖，自普鲁士移居俄国。
⑥ 亚历山大·涅夫斯基，十三世纪俄罗斯侯爵。

他的后代受伊万四世 ①——

愤怒之王的恩宠体恤。

普希金家族报效沙皇，

获得荣耀的不止一人，

波兰兵占领尼日尼城，

带头反抗的就是平民。②

当阴谋叛乱都已平定，

凶险的战火业已熄灭，

俄罗斯人民经过商议，

请罗曼诺夫登上皇座 ③。

我们曾携手支持王朝，

苦行人之子 ④ 赏识我们，

我们也曾经受到重用，

曾经……但我是平民。

我们的家族世代耿直，

① 伊万四世（1533—1584），俄国第一个沙皇（1547 年起），号称"雷帝"。

② 指尼日尼城商人库兹玛·米宁，他组织民众与波兰人进行斗争。

③ 1613 年，俄罗斯议会经协商决定请米哈伊尔·费多洛维奇·罗曼诺夫登位，
　　普希金家族有七个人当时是议会成员，都签字同意议会决定。

④ 苦行人之子，指米哈伊尔·费多洛维奇·罗曼诺夫，他的父亲曾在修道院做
　　苦行修道士。

竟为自己招来了不幸：
我的远祖曾触犯彼得，
竟因此惹祸被处绞刑。
他的遭遇给我们教训：
当权者厌恶与人争论。
多尔戈鲁基① 公爵有福，
他俯首听命甘做顺民。

彼得果夫宫发生兵变②，
我爷爷和米尼希③ 一样，
效忠于沙皇彼得三世，
不惜跟随他一道灭亡。
奥尔洛夫兄弟们荣升，
我的爷爷却身遭囚禁④，
我们的家族变得平和，
我一出生就是个平民。

① 雅可夫·多尔戈鲁基（1639—1720），彼得大帝的宠臣。
② 1762 年 6 月 28 日宫廷政变，效忠于皇后叶卡捷琳娜的军人刺杀了彼得三世，使叶卡捷琳娜登上皇位。
③ 米尼希（1683—1767），出生于德国，受彼得三世重用，曾任俄国陆军元帅。
④ 宫廷政变后，普希金的祖父列夫·普希金被囚禁两年。

我至今保存一捆诏书，

上面印着家族的徽章，

我不想结交那些新贵，

我克制自己不敢张狂。

我只想读书并且写诗，

我是普希金不是穆辛①，

不是富翁，不是官宦，

自鸣得意：我是平民。

---

① 穆辛·普希金（1744—1817），俄罗斯伯爵，历史学家，属于普希金家族的另一支。

六、回到彼得堡
（1831.5—1837.2）

回 声

无论是野兽咆哮在荒林中，
或号角激越，或霹雳轰鸣，
或山冈后传来少女的歌声——
    对一切声响，
你都在寂寥长空给予回应，
    让回声震荡。

你侧耳谛听惊雷轰隆，
或暴风怒吼，或巨浪汹涌，
或乡间牧童发出的呼叫声——
    都给予反响；
但无人理睬你……诗人啊
    你就是这样！

（1831）

我们又朝前走 ①

1

我们又朝前走——我不禁毛骨悚然。

只见一个魔鬼，蜷缩着他的利爪，

凑近地狱烈火把高利贷者颠倒翻转。

热辣辣的脂油滴进烟熏火燎的铁槽，

熊熊烈火烤得高利贷者皮开肉绽。

我问："这刑罚用意何在？请予指教。"

维吉尔 ② 说："孩子，此刑用意深远：

这阔佬向来贪财，生性强悍凶恶，

---

① 这首诗是普希金以戏谑的文字模仿但丁的《神曲》第一部《地狱篇》写成的。
原文采用连环三韵体：aba bcb cdc ded……译文采用了同样的韵式。

② 维吉尔（公元前 70—前 19），古罗马诗人，在《神曲》当中，是他引导但丁
游历了地狱。

他总是狠毒地吮吸债户们的血汗，

在你们阳间，他把债户任意宰割。"
火上的罪犯发出持续的惨叫声：
"啊，我不如跌进阴凉的勒忒河！

嗷，但愿冬天的雨能使我浑身发冷！
起码百分利：利息再少我可不干！"
噗的一声他爆裂了；我忙闭上眼睛。

这时候（真奇怪！）我感到臭气熏天，
像摔破了一个臭鸡蛋令人作呕，
又像检疫站看守已把硫黄盆点燃。

我用手捂住鼻子，把脸朝旁边一扭，
智慧的向导却拉着我向前走去——
他抓住铜环，轻轻提起了一块石头，

我们往下走，我在地底下看见了自己。

2

这时，我发现了黑魆魆一群恶魔，
远远望去犹如麇集的蚂蚁一般，
他们玩弄令人诅咒的把戏开心取乐：

一座玻璃山，像亚拉腊山^① 样尖，
高高的山峰扫着地狱的拱顶，
山脉起伏蜿蜒，横贯昏暗的平川。

魔鬼们把一个铁球烧得通红通红，
臭爪子一松开，火球就往下滚动；
铁球跳跃着——山坡光滑一抹平，

哗啦啦地响着，向四处迸溅火星。
这时候另一伙急冲冲的魔鬼，
号叫着，飞跑着，去抓人行刑。

---

① 亚拉腊山，据圣经记载，这座山位于亚述国北部地区，即现在的土耳其境内。

他们抓来了我的妻子和她的姊妹，
剥去了衣衫，呐喊着向下猛抛——
她们两个缩成一团，急速下坠……

我听见她们撕心裂肺的绝望号叫，
她们血肉模糊，玻璃扎进肉体——
魔鬼们极其兴奋，个个手舞足蹈。

我从远处望着——惊恐而又焦急。

（1832）

美人儿

她的容貌美妙又和谐，
超凡脱俗，丽质高洁；
娟秀中透出端庄凝重，
面含娇羞，文雅娴静；
她一双明眸环视四周，
没有敌手，没有女友；
我们一圈苍白的粉黛，
被她照耀得不复存在。

无论你匆匆去往何地，
纵然为爱情约会焦急，
无论有什么奇思妙想，
在你的心底秘密珍藏——
遇见她你会心慌意乱，
不由自主地停步不前，
你心怀虔诚如对神明，
对美的极致由衷赞颂。

（1832）

题斯米尔诺娃 ① 纪念册

置身于上流社会和宫廷，
灯红酒绿及浮华的争执；
我保持自己目光的冷静，
让平凡的心灵保持独立；
我崇尚真理的圣洁光芒，
像孩童一样天真而善良：
我嘲笑那帮荒唐的过客，
做出判断准确而又机智；
我在白纸上面戏谑勾勒，
文辞辛辣似漆黑的墨汁。

（1832）

---

① 斯米尔诺娃（1809—1882），深受普希金敬重的宫廷女官，学识渊博，谈吐机
　敏，爱好艺术。

题纪念册

受厄运受专横势力的驱逐，
离开豪华的莫斯科很远很远，
我将亲切地回忆那个地方，
因为您在那里正值青春华年。
京城的喧嚣令我感到惶恐，
我在首都生活总是感到厌烦；
只有您的情意才让我感动，
只有它才使我把莫斯科怀念。

（1832）

给……

不，不，我不忍、不敢，也不能
因沉溺于爱情的激动而神魂颠倒，
我要严格地持守我的平静安宁，
决不让我的心忘乎所以地燃烧；
不，我已爱得厌倦；可是为什么
有时我不能一心沉入片刻的幻想？
当年轻纯洁的姑娘从眼前经过，
飘然而去，消失在神秘的远方……
难道我不能默默地端详一个少女？
心中怀着浸透甜蜜的怅惘与痛苦，
难道不能用眼睛追随她的身姿？
默默祝愿她欢乐，祝愿她幸福，
并且祝愿她一切如意，事事称心，
祝愿她精神愉快，生活无忧无虑，
甚至也祝福她所选择的意中人，
他将把这可爱的少女称为伴侣！

（1832）

在今天的晚宴上……

在今天的晚宴上，
欢乐的葡萄之神
恩准我们畅饮三杯。
这第一杯香醇美酒，
为羞怯的裸体美人，
第二杯献给健康，
健康的面孔向来红润，
第三杯为了友谊长存。
聪明的人饮过三杯，
便从头上摘去花冠，
面对高贵的睡梦之神
心怀虔敬把酒祭奠。

（1832）

该走了，我的朋友……

该走了，我的朋友！心儿要求平静！
日子一天天飞逝，每时每刻都带走
我们一部分生命，你我两个人本想
好好生活……可转瞬间将结束残生。
世界上没有幸福，却有意志和安宁。
令人羡慕的选择久久酝酿在我心中——
我这个疲惫的奴仆很早就想要逃走，
去遥远的所在从事劳作，体验平静。

（1834）

乌 云

雷雨后残的一片乌云！
独自在蔚蓝的晴空逡巡；
只有你投下凄凉的阴影，
为欢乐的日子增添愁情。

不久前是你遮蔽了苍穹，
纠缠你的闪电十分凶猛；
于是你迸发神秘的霹雳，
用雨水浇灌干渴的大地。

够了，消融吧！时过境迁，
大地复苏，消逝了雷电，
看，抚弄枝条的阵阵轻风，
欲把你逐出宁静的天空。

（1835）

我又一次来临

  ……我又一次来临
大地的偏僻角落，作为流放者，
在这里我默默熬过两年的岁月。
那以后又过了十度春秋，
生活中历经许多艰难与坎坷，
而我个人，遵从普遍的法则，
也有所改变——但来到这里，
往昔的一切又在我心中复活，
恍惚是昨天傍晚，我还漫步
在这片树林中间。
这就是贬居的房舍，
我和我可怜的奶娘曾经住过。
老妈妈已经去世，屋墙外
再也听不见她沉重的脚步声，
再也看不见她的勤劳张罗。

  这里是林木茂密的山冈，

我常常坐在山上，一动不动
眺望下面的湖水，忧郁地回想
远方的海岸，远方大海的波浪……
蔚蓝的湖泊水面空阔，
四周庄稼金黄，还有绿色牧场；
湖水深不可测，渔民摇着小船，
身后拖一张破旧的渔网。
湖边缓缓倾斜的山坡上
星星点点有些村落，村庄后边
有一座歪歪斜斜的磨坊，风车
在风中吃力地转动着翅膀……

　　在祖传领地的边沿
有一条道路通往山中，
雨水把路面冲得凹凸不平，
三棵松树——挺立在路边，
两棵相互依傍，另一棵稍远，
每当夜晚乘着月色
我骑马从这里经过，
树梢簌簌发出熟悉的动静，
好像是对我表示欢迎。
如今我骑马又来到这里，
见路边三棵松树一如往昔，

耳边又响起了熟悉的沙沙声。
但如今在两棵老树树根一旁
（从前那地方空空荡荡）
长出了小松树，密密丛丛，
仿佛是绿色的大家庭一样，
树荫下的小树像依偎的儿童。
只是远处那一棵孤独又悲伤，
像一个年迈苍苍的鳏夫，
它四周和从前一样荒凉。

　　你们好啊，
我所陌生的年青一代！
无缘目睹你们日后茁壮成长，
你们的树梢将高过我的旧交，
必将遮住过路人的目光，
再也看不到它们往日的荣耀。
那就让我孙子倾听迎客的松涛，
当他和朋友谈心以后回家，
深夜里从你们身边走过，
脑海中浮动着快乐与欢欣，
那时候他将怀念起我……

（1835）

我曾想……

我曾想，心儿已失去
轻易感受痛苦的能力，
我曾说：往事已成空，
已成空，踪迹难寻觅！
逝去了，兴奋与伤感，
逝去了，轻信的梦幻……
谁知在美的威力面前，
想入非非，心又震颤。

（1835）

啊，我对生活仍怀有热情

啊，我对生活仍怀有热情，
我热爱生活，我不想死；
尽管我的青春已然虚掷，
我的心还没有完全变冷。
它仍旧保留着快意的感觉，
无论是对我的猎奇好胜，
抑或追求想象的美丽幻梦，
还有感情……和一切。

（1836）

纪念碑

我为自己树立了一座非人工的纪念碑，
杂草遮不住人们寻访它踩出来的小路，
它那不甘屈服的头颅挺拔而又崔巍，
　　足以俯视亚历山大石柱①。

是的，我不会完全死亡，预言的琴声，
将使我的灵魂超脱腐朽而永世长存——
我将获得荣耀，只要世界上月光溶溶，
　　哪怕只剩下最后一个诗人。

我的名字将会传遍整个伟大的俄罗斯，
四海之内所有的语言都将呼唤我，
骄傲的斯拉夫子孙，至今野蛮的通古斯，
　　芬兰人和草原上的卡尔梅克。

---

① 亚历山大石柱，即沙皇亚历山大一世纪念石柱，竖立在彼得堡冬宫广场。

我将受到人民的爱戴并且爱得长久，

因为是我的竖琴激发出美好的感情，

因为是我在严酷的时代歌颂自由，

　　呼吁对受难者^① 予以宽容。

诗神缪斯啊，请你遵循上帝的旨意，

不必惧怕屈辱，也无须希求桂冠，

赞誉或者诽谤，你皆可予以漠视，

　　跟愚昧之徒无须去争辩。

（ 1836 ）

---

① 　此处指十二月党人。

附 录

黑眼镜、红胡子、白汽车

——记与画家恩格里·纳西布林的交往

画家恩格里·纳西布林

　　前不久我上网看到一篇文章，一位移居美国的俄罗斯藏书家，名叫维林·比亚雷，专门写到他收藏的普希金袖珍版图书，提到了画家恩戈里·纳西布林手工制作的《致凯恩》（我记得那美妙的瞬间……），他收藏了六种版本，英语、法语、汉语、德语、日语和保加利亚语，其中提到俄汉对照版本的译者是南开大学副教授谷羽。

这篇文章引起了我的回忆，我不由得想起了二十多年以前的情景。

1988 年 11 月，我受国家教委公派到列宁格勒大学进修一年。不久，在那里认识了文学艺术出版社的编辑伊戈尔·叶果罗夫，他毕业于列大东方系汉语专业，曾到新加坡进修一年。当时，他想筹划翻译上海作家的小说，因为列宁格勒和上海有望结成友好城市。因此，我给人民文学出版社的编辑程文先生写信求助，很快收到了他寄来的两本当代小说选集，其中有上海小说家的作品。经过叶果罗夫的介绍，我又认识了文学艺术出版社的另一个编辑阿拉·舍拉耶娃，在她的帮助下，我拜访了德米特里·利哈乔夫院士。我在出国之前翻译了他的《善与美书简》当中的二十来封书信。

1989 年 9 月，我想去普斯科夫州的米哈伊洛夫斯克访问，那里是普希金流放北方的囚禁地，他受地方当局和教会监管，不得随意外出。阿拉·舍拉耶娃知道了我这次出行的目的地，就介绍我到那里去见画家恩格里·纳西布林，他专为普希金著作画插图，在米哈伊洛夫斯克自然保护区有座别墅。她告诉我已经跟画家取得联系，他会在圣山公园门口等着我，让我记住画家的特征：黑眼镜、红胡子、白汽车。

我从列宁格勒乘火车到了普斯科夫，然后换乘汽车到了圣山。

在那里果然见到了一位中等身材的男人，戴着黑眼镜，褐红色的胡子，站在一辆白汽车旁边。我立刻上前问好，就这样认识了这位画家。他让我上了小轿车，只见车窗玻璃上有一张自然保护区颁发的通行证。他开车穿过森林，不久出现了波光粼粼的湖泊，他沿着湖岸行驶，最后把我带到了一座别墅旁边。画家告诉我："这是库恰涅湖，普希金故居纪念馆就在湖对岸。"

第二天，我参观了米哈伊洛夫斯克普希金纪念馆，拜见了馆长谢苗·盖钦科。当他听说我来自中国，并且翻译过普希金诗歌，立刻从办公室走到门外。门前有座高高的钟架，两根竖立的高杆顶端有根横梁，上面悬挂着三口钟，中间的钟大，两边的较小，拴在钟锤上的三根细绳子垂下来拴在杆子上。盖钦科馆长解开那三条绳子，握在两只手里，叮叮当当地敲起钟来，钟声悠扬响亮，非常悦耳动听，原来这是迎接贵宾的一种仪式。

回到画家的别墅，纳西布林拿出一本小书给我看，他说："这里有普希金的《致凯恩》，我画的插图，已经有了英语和法语版本，您要是翻译过这首诗，请用汉语刻出来，我来做俄汉对照的版本。"我告诉他翻译过这首诗，他立刻找出了刻写的钢板、刻笔和蜡纸。

纳西布林的别墅还在修建之中，房间里显得比较凌乱。窗户下有个洞，要用砖砌上。我自告奋勇为他砌墙，见我干活熟练，他很惊奇，幽默地称赞说："看来您修过长城！"这句话给我留下难忘的印象。

回到列宁格勒后不久，我应约去纳西布林的画室，在那里看到了他正亲手制作袖珍本小书。碎花布方面，中间有竖琴图案，正方形开本，长宽各70毫米，非常精巧。他递给我一本，笑着说："谷羽，给您几本样书，就不给您稿酬了，再给您一些普希金著作的插图，将来您出版普希金诗歌译本能派上用场。"我当即表示同意，并感谢画家的馈赠。

从1989年到2014年，转眼之间过去了25年，四分之一世纪。广西师范大学出版社出版了"诗歌俄罗斯"丛书，头一本是我的译作《美妙的瞬间——普希金诗选》，纳西布林的精美插图果然派上了用场。

我正在想办法跟画家纳西布林恢复联系，以便把有他的插图的普希金诗歌中文译本寄给他。

谷　羽

原载《中华读书报》（2016年1月20日，20版）